Krasnitz' Entscheidung

Hans Graf von der Goltz

Krasnitz' Entscheidung

Roman

Berlin Verlag

Umschlaggestaltung: Rothfos & Gabler, Hamburg
Gesetzt aus der Sabon
von Greiner & Reichel, Köln
Druck und Bindung: buch bücher.de GmbH
Printed in Germany 2009
ISBN 978-3-8270-0925-8

www.berlinverlage.de
www.grafvondergoltz.de

Zu diesem Buch

Ein Buch zur Krise?

Als Roman, der 1984 spielt? Müssen uns die achtziger Jahre heute interessieren? In einer Zeit, in der Finanzkrisen, Bankenkrisen, Wirtschaftskrisen uns in eine Weltkatastrophe hineinzureißen drohen?

Verständlicher Einwand – die heutigen Analysen der Krisenmechanismen sind wichtig. Für die Fragen aber: wohin treiben wir und was hält die Zukunft für uns bereit, greifen die Analysen zu kurz. Wer nicht versucht, zu den Wurzeln unserer Epidemien vorzudringen, wird sie nicht verstehen. Und ohne dieses Verständnis werden unsere Therapien auch dann nicht anschlagen, wenn wir die Dosis um ein Vielfaches erhöhen. Im Gegenteil, man kann auch an seinen Heilmitteln zugrunde gehen.

*

Versuchen wir also einen Rückblick:

Am 14.05.1990 schrieb der Spiegel (20/1990) unter anderem:

»Größter Finanzskandal der US-Geschichte:

Bis zu 500 Milliarden Dollar wird die Sanierung der US-Sparkassen kosten.

... die von skrupellosen und unfähigen Managern verschleuderten Spareinlagen waren vom Staat versichert.

Mindestens 1000 Sparinstitute sind faktisch pleite ...

Es war eine schöne Zeremonie im Garten des Weißen Hauses. Hiermit unterzeichne er ›das wichtigste Gesetz der letzten 50 Jahre für das amerikanische Finanzwesen‹, verkündete Ronald Reagan den 200 geladenen Gästen im Oktober 1982.

›Ich glaube, wir alle haben einen Volltreffer gelandet‹, lächelte der Präsident und unterschrieb das Gesetz. Mit einem Federstrich war das amerikanische Sparkassenwesen von staatlichen Fesseln und Auflagen befreit worden; fortan sollten ungezügelte Marktkräfte dem ehrwürdigen Gewerbe eine goldene Zukunft bescheren.

Es war aber der Anfang vom Ende. Die Tinte auf dem Papier sei ›noch nicht trocken gewesen‹, da hätten ›risikofreudige Investoren, Schwindler und Mafiosi schon angestanden, um die Sparkassen zu plündern‹, schrieb sieben Jahre danach der Journalist Steve Pizzo in einem Buch über den, so Pizzo, ›größten Raub der Geschichte ...‹«

Wohin die Milliarden aus den geplünderten Sparkonten im Einzelnen flossen und was sie für Unheil anrichteten, blieb den Sparkassen selbst wohl weitgehend verborgen. Die Täter saßen woanders. Die Wellen dieses »Geld-Tsunamis« trafen auch ferne Küsten – selbst den Mond, mit dem Erwerb des Rechtes, dort einst als Erster eine Filiale eröffnen zu dürfen!

Zum Glück dauerte der Spuk keine zehn Jahre! Das Feuer wurde von den Verursachern bald ausgetreten.

*

Für uns hätte es das bleiben können, was es für die Umwelt erschien: eine sehr teure Groteske – hätte sich nicht in Deutschland in jenen Jahren in den Führungsetagen von Wirtschaft und Gesellschaft ein Wandel vollzogen, der verharmlosend als »Generationswechsel« angesprochen worden war.

Erst in den späten achtziger, frühen neunziger Jahren war allmählich offenbar geworden, daß dieser Wandel Einschnitte von historischer Dimension mit sich bringen würde.

Die »Wiederaufbau-Generation« mit ihren tradierten Grundwerten, ihren Idealen, in deren Mitte der Mensch, mit seinen Rechten, seiner Würde, gestanden hatte, war weitgehend abgetreten.

Von den Einen als »Befreiung« begrüßt, von Anderen mit wachsender Sorge beobachtet, veränderten sich unter der neuen Führungsschicht Werte, Einstellungen zum Gemeinwesen und persönliches Verhalten und mit ihnen die Fundamente der Gesellschaft.

Aus den bewundernden Reaktionen von Teilen der neuen Führungsgeneration auf den kurzen Auftritt des amerikanischen Freibeutertums – von einigen gar als Offenbarung gefeiert – lassen sich Elemente einer Initialzündung ablesen. Diese ersten Zeichen machten Schule und so trat das Bild des Wandels immer klarer hervor: Geld wanderte in den Mittelpunkt allen Handelns und Strebens. Seine Mehrung wurde Selbstzweck und alleiniges Ziel. Der Mensch wurde zur Hilfskraft und verschwand in den Kulissen der Bühne.

Die neue »Generation Geld« entwickelte eine staunenswerte Kreativität bei der Erfindung immer neuer Mittel zur schnellen Produktion des angestrebten Reichtums.

Bis zu der genialen Entdeckung des Nichts: der fiktiven Werte, des fiktiven Geldes, das sich in »Nicht-Geschwindigkeit« um den Globus schießen läßt – bis es platzt …

*

1984?

Es könnte ein Ursprung unserer Katastrophe gewesen sein –. Sicher nicht der einzige. Aber es lohnt hinzugucken. Es könnten sich zwischen den Wurzeln vielleicht auch andere Keime finden lassen: Spuren einer heranwachsenden »Generation Vernunft« zum Beispiel …

Personen

Badische Industrie- und Handels-Gesellschaft AG (BIH), Baden-Baden:

Heinrich von Krasnitz, Vorstandsvorsitzender
Max Orgas, Finanzvorstand
Professor Nader, Aufsichtsratsvorsitzender (aus dem Hause der Mittelständischen Finanzkredit Bank)
Peter Schulte, Betriebsrat und Aufsichtsrat
Dr. Freye, Mitglied des Aufsichtsrats
Dr. Taler, Mitglied des Aufsichtsrats

3 Großaktionäre der BIH (je 15 %):
Allgemeine Handelsbank (Vorstandsvorsitzender: Dr. Martin Bauer)
Mittelständische Finanzkredit Bank (Vorstandsvorsitzender: Dr. Karl Grotefuß)
Rheinische Metallwerke AG (Vorstandsvorsitzender: Philipp Schöner)

Waltraud Hase, langjährige Sekretärin von Krasnitz
Ingeborg Schneider, Sekretärin von Orgas
Franziska Liebenow, neue Mitarbeiterin der Kommunikations-Abteilung

Electronic AG, Karlsruhe
(Beteiligungsgesellschaft der BIH (Anteil: 15 %)):

Mehrheitsaktionär (neu):
Snake Fonds

Aufsichtsrat:
Heinrich von Krasnitz, Vorsitzender
Wolfgang Schade, stv. Vorsitzender, Betriebsratsvorsitzender
Max Orgas
Dr. Otto Jahn, Vorsitzender der Geschäftsführung des Snake Fonds
Paul Knute, Finanzgeschäftsführer des Snake Fonds

Vorstand:
Dr. Hartmut Esen, Vorsitzender
Dr. Hans Gärtner, Finanzvorstand

Rittergut Krasnitz:

Harald von Krasnitz, Herr auf Krasnitz
Elke, seine Frau
Friedrich, älterer Sohn
Heinrich, jüngerer Sohn
Gertrud, Heinrichs Frau

Peter Roggenbuk, Oberförster
Berta, seine Frau
Brita, deren Tochter, verheiratet mit Franz Liebenow
Franziska, deren Tochter

1984

1.

Eingeübte Freundlichkeit. Der gewohnte Rahmen: Blumen in weißen Bodenvasen, über den Raum verteilt, der große Speisesaal mit den wandhohen Fenstern, davor sorgfältig geordnete Frühlingsfarben, eingetaucht in das milde Licht des Aprilnachmittags. Hinter Hecken das ferne Blau der Schwarzwaldhöhen. Gut abgestimmt, hatte er gedacht. Er war als letzter gekommen, zehn Minuten nach fünf. Sie standen im Halbrund, alle fünfundsechzig Mitarbeiter, blickten ihm entgegen, hatten Orgas in ihre Mitte genommen, den Finanzvorstand, wie zufällig nach Diensträngen geordnet. Orgas war der Anlaß, sein 50. Geburtstag.

Krasnitz war mit raschen Schritten auf Orgas zugegangen, als könne er es kaum erwarten, den alten Freund zu begrüßen. Alles wie immer, hatte er dabei gedacht. Bei runden Geburtstagen wurden keine Unterschiede gemacht. Wie viele mochten es sein im Jahr? Drei? Vier?

Er hatte Orgas lange die Hand geschüttelt, hatte mit anerzogener Herzlichkeit Glückwünsche ausgesprochen, laut genug, so daß die Umstehenden ihn hören konnten. Auch ihnen hatte er die Hand gegeben, so wie es gerade kam, ohne sich lange aufzuhalten. Der Empfang sollte beginnen.

Er war ein paar Schritte zurückgetreten, hatte seine Blicke in der Runde schweifen lassen, nur ein, zwei Minuten vielleicht, lächelnd, mit kurzem Nicken hier oder da, um dann nur noch Orgas anzusehen. Er war sich seiner Wirkung bewußt, nahm sie mit gleichgültiger Gelassenheit hin. Als »charismatisch« hatte die »Frankfurter Allgemeine Zeitung« ihn neulich bezeichnet.

Die Geburtstagsrede dauerte etwa zehn Minuten. Wie gewohnt hatte er frei gesprochen, in elegant formulierten Sätzen, freundschaftlich, fast familiär. Man merkte ihnen die Routine nicht an und auch nicht die Meinungsverschiedenheiten, die erst kurz zuvor zwischen Orgas und ihm in ungewohnter Schärfe, wenn auch nur für wenige Minuten, zum Ausbruch gekommen waren. Sie blieben hinter der Tür seines Büros, unerledigt, aber für diese Stunde verdeckt. Eine lange Zeit. Er wäre gern gleich in sein Büro zurückgegangen. Es gab noch so viel zu tun – obwohl er gut vorbereitet war. Die Papiere lagen wohlgeordnet auf seinem Schreibtisch. Morgen früh um 9 Uhr würden die Vorbesprechungen in Karlsruhe beginnen. Um 10 Uhr die Aufsichtsratssitzung. Sie würde schwierig werden, die schwierigste vielleicht in seiner Laufbahn. Es gab Hürden, Fallen, hinter eisig-zynischer Höflichkeit aufgestellt. Es gab diese Leute, die er noch nicht gut kannte. Wollten sie Unterwerfung oder seinen Kopf? Vermutlich Geld, vor allem. Und Orgas? Ein Überläufer? Keine Hilfe jedenfalls.

Er konnte noch nicht gehen. Er mußte lächeln, Orgas zulächeln. Den beiden anderen Rednern Beifall klatschen, Orgas' Vertreter und dem Betriebsratsvorsitzenden. Sie hatten ihre Reden abgelesen. Und er hatte ein Glas Champagner zu nehmen, Orgas zuzuprosten, anderen zuzuprosten, mit dem halbgeleerten Glas von Grüppchen zu Grüppchen zu wandern, scherzend, plaudernd, lächelnd, aufmunternd dem fröhlichen Gedränge am Büffet zuzusehen.

Er durfte nicht einmal auf die Uhr sehen. Noch nicht. Eine Stunde mußte er ausharren, mußte er die Papiere auf seinem Schreibtisch vergessen.

Rechts von ihm stand Herr Otto, der Personalchef, mit seinem schief herabgezogenen Lächeln. Links wippte Herr Kron, der technische Vorstand, auf seinen glänzenden, schwarzen Stiefeletten. Kron erzählte Jagdgeschichten, er hatte vor drei Jahren seine Jägerprüfung gemacht und glaubte in Krasnitz, seinem Chef, ein dankbares Publikum zu haben. Der aber ließ, von Zeit zu Zeit mit dem Kopf nickend, seine Blicke durch den Saal schweifen, dachte nur für einen Moment, früher, in Pommern, seien die Jagdgeschichten anders gewesen. Bescheidener vielleicht, selbstverständlicher.

Fünf Schritte vor ihm stand das »Kleeblatt«. So nannte man die vier Chefsekretärinnen des Hauses. Bei diesen Gelegenheiten standen sie immer zusammen, in fröhlicher Eintracht, die die vereinzelten Sticheleien, Besserwissereien vorerst vergessen ließ. Er hatte sie begrüßt, gleich nach Orgas, mit dem gleichmäßig verteilten, verschwörerischen Augenzwinkern, das ihrem Rang entsprach.

Als nun Otto eben sagte, soviel wie Herr Kron habe er nicht zu erzählen, er sei leider nur Golfspieler, näherte sich eine Dame dem »Kleeblatt«, ruhig, selbstbewußt und ihrer Umgangsformen gewiß. Eine »Neue«? Sie war etwas kleiner als die vier Sekretärinnen, schlichter angezogen, aber nicht weniger elegant, in einem grauen Kostüm, das ihr blondes Haar gut zur Geltung brachte. Sie sagte etwas, stellte sich wohl vor. Da öffnete sich der Kreis. Der erste Anflug von Hochmut auf den Gesichtern der vier wich einer fröhlichen Neugier, als freuten sie sich über die Abwechslung in der vom Alltag geprägten Gesprächsroutine.

Er folgte der Szene mit wachsendem Amüsement, das ihn für den Augenblick seinen Schreibtisch vergessen ließ. Auf einmal hatte er Zeit. Noch hatte er ihr Gesicht nicht gesehen. Man schien über ihn zu reden. Bald würde sie sich umdrehen.

»Wer ist die Dame?« fragte er den Personalchef, ohne sich von der Gruppe abzuwenden. Eilfertig folgte Otto seinem Blick.

»Ach die! Die ist neu.«

»Das denke ich mir.«

»Wir brauchten dringend Verstärkung in unserer Kommunikationsabteilung. Sie ist ...«

»Ihren Namen will ich wissen!«

»Liebenow.«

»Liebenow? Mit w am Ende?«

»Franziska Liebenow. Ich glaube, ja, mit w am Ende.«

Der Personalchef sprach schnell, verhaspelte sich zweimal. Sein bis zur Mitte kahler Kopf glänzte.

»Ja«, wiederholte er, »Franziska Liebenow. Mit einem w am Ende. Fachfrau für ...«

»Liebenow ...«, unterbrach er den Personalchef. »Wie alt?«

»Geboren 1941, glaube ich.« Otto sprach, als gelte es, Versäumtes nachzuholen. »1941, ja – 43 Jahre alt also. Ein bißchen alt, ich weiß, aber ...«

»Unsinn!« winkte er ab. Er wollte noch etwas hinzufügen, in diesem Moment sah er ihr Gesicht. Franziska Liebenow? Wäre das möglich?

Sie ging auf ihn zu.

»Franziska Liebenow«, sagte sie, mit einem kaum hörbaren Akzent.

Niederbayern, dachte er, oder Franken?

»Krasnitz«, sagte er, mit einer nur angedeuteten Verbeugung, und gab ihr die Hand. Ihre Hand war kühl und fest.

»Guten Tag, Herr Dr. von Krasnitz, ich bin neu in der Firma. Dies ist mein erster Tag.«

»Herzlich Willkommen! Sie werden sich bestimmt wohlfühlen bei uns.«

Er wollte noch mehr sagen. Liebenow? Er hätte sie gern gefragt. Etwas hielt ihn zurück.

Die Damen des »Kleeblattes« blickten ihn an, lächelten.

Herr Otto hob die rechte Hand, als wollte er Frau Liebenow ein Zeichen geben. Sie trat zwei Schritte zurück, ohne sich von Krasnitz abzuwenden. Er sah auf seine Uhr, nickte ihr zu. Zeit zu gehen!

2.

Er zog die Akten zu sich heran. Drei Ordner mit der Aufschrift »Aufsichtsrat, Electronic AG«.

Er schlug die Deckel auf, überflog die ersten Seiten, nickte.

Etwas ... Er versuchte sich die Szene ins Gedächtnis zurückzurufen, ganz genau, diese zwei, drei Minuten. Ihre Stimme, ihre ruhigen Bewegungen. Die Gesichtszüge. Es gelang ihm nicht. Mund, Nase, Kinn? Er zuckte mit den Schultern.

Dabei wußte er doch, was es war: der Blick, die Augen. Doch wenn er sie beschreiben sollte – die Farbe zum Beispiel. Er schüttelte den Kopf. Die Form, schon eher. Das Spiel fing an, ihm Spaß zu machen. Beschreib ihre Augen mit einem Begriff! Er dachte nach, wehrte sich gegen die Worte: Augen aus einem anderen Zeitalter. Seltsam vertraut. Ihre Geschichte?

Er zog die Akten näher zu sich heran.

Warum wehrte er sich eigentlich? Objektiv betrachtet war gegen die Pläne der Investoren nichts einzuwenden. Er blätterte. Nichts Neues. Die Tagesordnung: Routine.

Bis auf Punkt 2:

»Verkauf der Electronic AG«.

Er überflog noch einmal die Stichworte seiner Ausführungen.

Als Vorsitzer des Aufsichtsrats hatte er die Sitzung zu eröffnen, hatte – nach dem Abspulen der Formalien – den Anschein von Objektivität zu wahren, die Tagesordnungspunkte emotionslos und neutral vorzutragen, seinen Gegnern für ihre Argumentation den Vortritt zu lassen.

Auch für diesen Punkt 2.

Er könnte es dabei belassen, bräuchte nur zu nikken, bei der Abstimmung die Hand zu heben – und seinen einzigen Verbündeten, den Betriebsratsvorsitzenden Wolfgang Schade, seinen Stellvertreter im Vorsitz des Aufsichtsrats, im Stich zu lassen? Nach Jahren vertrauensvoller Zusammenarbeit?

»Wir kämpfen mit Ihnen!« hatte Schade gesagt. Dann hatten sie einander die Hand geschüttelt. Drei Tage war das her.

Kämpfen? Das sagte sich so leicht. Mit welchen Waffen? Die einzige Waffe war die Mehrheit in der Hauptversammlung. Die hatten sie verloren. Viele Jahre lang hatten 36 Prozent genügt, um die Electronic AG unangefochten zu lenken. Mehr als 50 Prozent waren in früheren Hauptversammlungen selten vertreten. Und nun? Der Fonds verfügte über 48 Prozent!

Er schob die Akten fort. Sollte er sein Mandat gleich niederlegen? Der richtige Augenblick war verpaßt. Die Entscheidung war gefallen, als sie die Aufkäufe an der Börse wahrgenommen hatten.

Die Mittel, in den Wettbewerb an der Börse einzutreten, hätte die Holding, die Badische Industrie- und Handelsgesellschaft AG gehabt. Sie hätten aber an anderer Stelle gefehlt. Der Angriff war zur Unzeit gekommen. Vorstand und Aufsichtsrat der BIH AG hatten, nach monatelanger Vorbereitung und erst wenige Wochen zuvor, einen umfangreichen Plan zur Umstrukturierung und Erweiterung des Portfolios beschlossen. Für die Electronic AG war in diesem Plan kein Raum mehr gewesen.

Früher oder später, grübelte er, hätte man sich von dieser Gesellschaft trennen müssen. Ihr Produktprogramm war veraltet. Der internationale Wettbewerb war an ihr vorbeigezogen. Man hätte die Gesellschaft völlig neu aufstellen müssen. Das aber hätte die Expansionspläne der Holding blockiert. Für beides fehlte die Kraft.

Auch der Wille?

Seit 23 Jahren gehörte Krasnitz dem Vorstand der BIH AG an, 17 Jahre war er dessen Vorsitzer. Zu der Zeit war die Electronic AG das Herzstück und der Stolz des Konzerns gewesen.

Was war schiefgelaufen? Hatte er die Zeit verschlafen? 23 Jahre stand er nun schon dem Aufsichtsrat der Electronic AG vor. Vor zehn Jahren etwa begann der Niedergang dieser Gesellschaft. Während dieser Zeit hatten Umsatz und Ertrag des Konzerns sich fast verzehnfacht.

Daran würde er gemessen werden. Nicht an der stolzen alten Electronic. Vielleicht würde sie doch noch eine neue Blüte erleben, eine neue Heimat, wenn dem Aufkäufer, dem Fonds, der geplante Coup gelänge, von dem man munkelte: der Verkauf an einen amerikanischen Giganten? Der Name hatte noch immer einen guten Klang. Und die Menschen? Und Wolfgang Schade, der Betriebsratsvorsitzende, fast sein Freund? Hätte er sie retten können, wenn er rechtzeitig gehandelt hätte? Welche Optionen hätte er gehabt? Wäre der Fonds nicht eingestiegen? Früher oder später? Das Ende der Electronic war seit langem abzusehen gewesen. Man hatte es vor sich hergeschoben. Niemand wollte das Urteil sprechen.

Auch er nicht. Nicht nur der Menschen wegen.

Die Electronic war Teil seiner Biografie. Ihr verdankte er seinen Aufstieg. Wo wäre die BIH heute, die große Konzernholding?

Und er? Wenn er die Ressourcen anders gesteuert hätte. Wo stünde die BIH heute?

Über 6000 Mitarbeiter hatte die Electronic noch. Eine bewährte, gut eingearbeitete, loyale Mannschaft. Sie vertraute ihm – noch immer, trotz aller Gerüchte.

In der Aufsichtsratssitzung könnte er noch immer mit Nein stimmen. Damit würde er sich lächerlich machen. Das Fonds-Management würde ihn in der Hauptversammlung abwählen lassen. Und das wäre das Ende des Vorstandsvorsitzenden der BIH, Heinrich von Krasnitz. Häme würde ihn hinausbegleiten.

Die unternehmerischen Spielregeln dulden keine Sentimentalitäten. Mußte er also doch nicken, dem Unvermeidlichen die Türen öffnen? Und die Verachtung, die zornigen Demonstrationen der Menschen, die ihm vertraut hatten, ertragen?

Was nützten Lebensregeln, wenn es das Leben nicht mehr gab? Diese lächerliche Vorstellung von einer »Inneren Emigration« in eine andere Zeit? Je älter er wurde, desto schwerer wuchs die Last einer Pflicht, die niemand mehr wollte.

Liebenow? Er mußte sie fragen.

Hatte es geklopft? Ein ungewohntes Geräusch, da der Weg zu seiner Tür durch sein Vorzimmer führte. Seine Sekretärin war wohl noch auf dem Empfang. Oder schon nach Hause gegangen. Er blickte auf seine Uhr: 19 Uhr 06. Oder ob ...? Sie könnte sich verlaufen haben ... Er schüttelte den Kopf, lachte leise.

»Herein!«

»Entschuldigen Sie, Herr von Krasnitz. Es war niemand im Vorzimmer.«

»Herr Orgas! Ich bitte Sie! Schön, daß Sie noch einmal hereinschauen!«

Krasnitz war aufgesprungen, war Orgas mit drei schnellen Schritten entgegengegangen. »Ist der Empfang zu Ende?«

»Vermutlich. Ich bin bald nach Ihnen gegangen. Hatte noch zu tun. Es ist aber besonders nett gewesen. Vielen Dank noch mal für Ihre freundlichen Worte.«

Krasnitz winkte ab. Er faßte Orgas am Arm, führte ihn zu seiner Sitzecke: »Für heute hab ich genug von den Akten auf meinem Schreibtisch.«

Sie ließen sich gleichzeitig in die schwarzen Ledersessel fallen. Die stammten noch von seinem Vorgänger. Eigentlich mochte er sie nicht besonders. Aber sie waren gut erhalten, erfüllten ihren Zweck.

»Eigentlich bin ich deshalb gekommen«, sagte Orgas, »unsere kleine Auseinandersetzung heute Mittag hat mir leid getan.«

»Es war meine Schuld, Orgas, diese verdammten Emotionen ...«

»Ich schlafe auch seit Wochen schlecht, Herr von Krasnitz. Vielleicht war es ganz gut, daß wir beide heute einmal explodiert sind. Das mußte einfach raus. Ich glaube, unsere Gedanken liefen in verschiedene Richtungen, unsere Gefühle nicht.«

»Gefühle?«

»Herrgott, ja! Man hängt doch an dem Laden – nach so vielen Jahren!«

»Und?«

»Heute abend wurde mir klar: So geht's nicht weiter.«

»Verstehe ich, aber ...«

»Nehmen Sie es mir nicht übel, Herr von Krasnitz, ich habe hintenrum und inoffiziell abgetastet, ob es eine Notbremse gibt.«

»Erzählen Sie weiter!« Krasnitz war hellwach.

»Wie Sie wissen, habe ich in den letzten Wochen versucht, eine Art freundschaftlichen Kontakt zu meinem Gegenüber zu bauen, zu dem Finanzgeschäftsführer des Fonds. Ihn habe ich angerufen. Er war sehr aufgeschlossen. Es schien ihm sogar Spaß zu machen, mit mir gemeinsam einen eleganten Lösungsplan auszuhecken – vorbehaltlich selbstverständlich der Zustimmung der zuständigen Stellen. Die Zustimmung seines Chefs und seiner Kollegen hat er mir eine knappe Stunde später telefonisch zugesichert. Wir haben aber ausgemacht, daß der ganze Plan in den Reißwolf gesteckt wird, falls Sie Ihre Zustimmung nicht geben können. No hard feelings, also.«

Krasnitz hatte sich in seinem Sessel zurückgelehnt und die Augen geschlossen. Er versuchte seinen aufsteigenden Ärger hinter seinen Augenlidern zu verbergen.

»Ich höre«, sagte er.

»Ich darf Ihnen den ganzen, in mehreren Stufen aufgebauten Plan vorstellen?«

»Bitte!«

»Stufe 1:

Aufsichtsratssitzung. Tagesordnungspunkt 2, ›Verkauf der Gesellschaft‹ wird abgesetzt. Die übrigen Punkte werden routinemäßig abgewickelt.«

»Abgesetzt, sagen Sie?«

Für einen Moment hatte er seine Augen weit aufgerissen.

»Ja. Darf ich weiter vortragen?«

»Bitte.«

»Stufe 2:

Innerhalb von vier Wochen verkauft die BIH-Holding ihren gesamten Anteil am Aktienkapital der

Electronic an den Fonds, zum – wie ich meine – attraktiven Preis von 720 Millionen DM.»

»Über den Preis haben Sie auch schon gesprochen?«

»Alles nur Vorschläge. Nach dem Verkauf legen Sie und ich unsere Aufsichtsratsmandate nieder.«

»Und weiter?«

»In einer gemeinsamen Presseerklärung verabschiedet sich die BIH als Aktionär, ›um damit der künftigen Entwicklung nicht im Wege zu stehen‹. Der Fonds verspricht, das Unternehmen ›auf die Straße des Erfolgs zurückzuführen, etc.‹ So ungefähr.

Stufe 3:

Der Fonds verpflichtet sich, gegebenenfalls, frühestens sechs Monate danach, erste Verkaufsgespräche mit amerikanischen oder anderen Interessenten aufzunehmen. Im Sinne aller Beteiligter darf unserem Verkauf ›kein langfristiger Plan‹ zugrunde liegen. Der Verkauf der Gesellschaft erfolgt auf die ›unerwartete‹ Initiative der Käufer hin!

Das Wichtigste: Mit einem späteren Verkauf des Unternehmens haben wir nichts mehr zu tun! Auf Befragen äußern wir Verwunderung, hoffen aber das Beste für die Zukunft der Gesellschaft.«

»Das, Herr Orgas, kann nicht Ihr Ernst sein!« rief er aus. Er hatte sich auf seine Hände gestützt, war von seinem Sessel aufgesprungen. Am liebsten hätte er Orgas die Tür gewiesen. Er ging zum Fenster, blickte in die Dunkelheit. Ringsum war es ganz still. Schließlich wandte er sich Orgas wieder zu, sah ihm in die Augen:

»Mit Stufe 1 bin ich einverstanden.«

»Und der Rest?«

»Findet sich. Ich wünsche Ihnen eine angenehme Nacht!«

Er blickte auf seine Uhr: Gleich acht. In zehn Minuten mußte der Mond aufgehen. Halbmond, zunehmend. Die vererbten Gewohnheiten. Schon der Vater, der Großvater hatten abends nach ihm Ausschau gehalten. Und wenn er über dem alten Eichenwald aufging, sagten sie: »Unser Mond! Paß gut auf ihn auf, wenn wir nicht mehr da sind!« »Wo seid ihr dann?« Er mochte vier oder fünf Jahre alt gewesen sein. »Auf der anderen Seite des Mondes.«

Er war noch einmal ans Fenster getreten. Über den Schwarzwaldhöhen hing eine hohe dunkle Wolkenwand.

Liebenow – ein Name wie der einzige Ort, den man nicht vergessen kann, der Ort einer Kindheit. Fern und vertraut – wie der Mond …

»Paß gut auf ihn auf!«

»So hoch oben?« hatte sein Sohn ihm geantwortet. An seinem fünften Geburtstag. Jetzt war er 31. Auch er hieß Heinrich.

Als dieser sein Landwirtschaftsstudium mit Prädikat abgeschlossen hatte, hatte Krasnitz ihm seinen Lebenswunsch erfüllt: Er hatte ihm eine Farm in Australien gekauft. Flaches Weideland, ein Teich. Ein kleiner Wald von Eukalyptus-Bäumen um das Farmhaus herum. Sein Sohn nannte ihn: meinen »Park«!

Hinter dem »Park« einige Parzellen gutes Ackerland. Mais, Weizen, Sojabohnen.

Vier Jahre war Heinrich junior nun schon Farmer. Im ersten Jahr hatte er geheiratet. Eine Australierin baltischer Abstammung mit Namen Rosaly. Sie war auf der Nachbarfarm groß geworden.

Es war eine schöne Hochzeit gewesen. Am Hochzeitsabend stand der Mond leuchtend und voll über dem Weideland.

»Paß gut auf ihn auf!« hatte er zu seinem Sohn gesagt und gelacht.

»Er paßt auf uns auf, Vater!« hatte der Sohn zurückgegeben.

Da hatten sie sich fest umarmt.

Er hatte Gertrud lange nicht so fröhlich und gelöst erlebt. Drei glückliche Wochen hatten sie sich gegönnt.

Es waren ihre letzten gewesen. Über drei Jahre waren seitdem vergangen.

Der Mond leuchtete matt hinter den schwarzen Wolken.

Er wandte sich ab, ging in das Vorzimmer, legte einen Zettel auf den Schreibtisch:

Er bäte um die Personalakte von Frau Franziska Liebenow. Er wolle die Akte auf die Fahrt nach Karlsruhe mitnehmen.

Liebenow – hatten ihre Augen gesagt. In einer Sprache, die sie nicht mehr gelernt haben konnte.

3.

Neun Uhr.

Er hatte die Bürobeleuchtung ausgeschaltet, die alte Leselampe angeknipst und sich in seinen Lesesessel fallen lassen. Von hier aus konnte er beobachten, wie sich die Nacht von Viertelstunde zu Viertelstunde tiefer färbte.

Auf einem Beistelltisch lagen ungeordnet einige philosophische Werke. Gestern abend hatte er in den »Bekenntnissen« des Augustinus gelesen. Ein Satz aus dem »Zehnten Buch« hatte ihn durch die Nacht und den Tag begleitet: »Da gelangte ich zu den Gefilden und weiten Hallen des Gedächtnisses, wo aufgehäuft sich finden die Schätze unzähliger Bilder von wahrgenommenen Dingen aller Art.«

Er hatte zu dem Buch gegriffen, es aber gleich wieder fortgelegt: Heute würde er nicht lesen können. »... Schätze unzähliger Bilder ...«

Vor drei Jahren und neun Tagen: Jener Tag war über ihn hinweggezogen. Ihr langes Sterben hatte ihn vorbereitet. Als ginge er einfach mit.

Mechanische Abläufe, vorgeschriebene Pflichten

hatten ihn in den folgenden Tagen in fragilem Gleichgewicht gehalten.

Erst als das Grab geschlossen war, hatte die Leere sich aufgetan, das schwarze Schweben in gedankenfreiem Raum ohne Sinn.

Drei Tage hatte er sich gegeben. Würde alles wie immer sein? Würde er die Kraft haben, ihnen allen, denen er auf seinem Weg begegnen würde, sein gewohntes Gesicht zu zeigen, sie zu grüßen mit der vertrauten Stimme. Und wenn Frau Hase, seine Sekretärin, weinen würde? Sie würde vorher die Tür schließen …

Er hatte die Stimme seines Vater gehört, die altmodische Sprache: »Trauer und Schmerz veredeln den Mann, der die Kraft aufbringt, seine Last allein zu tragen, verborgen in seinem Herzen. Denn es geziemt sich nicht, Prüfungen, die das Schicksal einem auferlegt, anderen aufzubürden.«

Schwer zu verstehen für den Zehnjährigen, der den Vater gefragt hatte, warum Lemke, der Kutscher, nicht mehr weinte, da doch vor drei Tagen seine Frau gestorben war?

Schwer zu verstehen. Und doch hatte es in diesem Satz ein Wort gegeben, mit dem er sich einbezogen fühlte in eine Gemeinschaft, eine Art Geheimbund, das Wort: Mann! Das hatte ihn damals beeindruckt.

Wenn er die Kraft nicht fände, müßte er aufhören. Denn bliebe Trauer in sein Gesicht geschrieben, wie könnte er noch Menschen für ihre Arbeit begeistern? Menschen, die ihn brauchten?

An jenem Morgen hatte er besondere Sorgfalt auf sein Äußeres verwandt, hatte, gegen seine Gewohnheit, lange vor dem Spiegel gestanden.

»Denk dran, Heinrich: Trauer ist Teil der Liebe und unsere Liebe geht niemanden etwas an«, hatte Gertrud gesagt, wenige Tage vor ihrem Tode. Sie hatte ihn gut gekannt.

*

Am folgenden Tag hatte er den Lesesessel und die Leselampe aus seinem Hause in sein Büro schaffen lassen. Er wußte, er würde viele Abende brauchen, allein mit Gertrud. Es könnte Monate dauern. Es gab noch so vieles aufzuarbeiten.

Innerhalb weniger Monate hatte seine Trauer manche Metamorphose durchlaufen. Bis sie sich schließlich in einen Fluss verwandelt hatte, auf dem Erinnerungen, Bilder, Gedanken, Erkenntnisse im Wechselspiel dahintrieben. Und wenn er in dem abgedunkelten Raum saß, der am Tage sein Büro war, dann konnte der Fluß zu sprechen anfangen. Er brauchte nichts dafür zu tun, brauchte nichts zu erwidern. Er brauchte dann nur noch aufzustehen, die Leselampe zu löschen und mit den Erinnerungen nach Hause zu gehen.

4.

Im Sommer 1947 waren sie einander begegnet.

Die Germanistikstudentin Gertrud Bode und der Jurastudent Heinrich Krasnitz. In Göttingen. In einem Konzert hatten sie nebeneinander gesessen, er hatte einen umgearbeiteten Uniformrock getragen. Nichts Besonderes damals. Der Rock hatte ihm »wie angegossen« gepaßt. Das war ihr aufgefallen.

Noch am gleichen Abend hatten sie einander ihre Geschichten erzählt, bis tief in die Nacht.

Gertrud Bode stammte aus einer Berliner Gelehrtenfamilie. Vater und Großvater arbeiteten als Professoren, der Großvater als Ägyptologe, der Vater als Geologe. Im Krieg hatte man den Vater »dienstverpflichtet«. Eine Lungenkrankheit brachte ihn bald wieder nach Hause.

Gertruds Mutter war als junge Schriftstellerin recht erfolgreich gewesen. Sie hatte drei Romane veröffentlicht. 1934 wurden ihre Bücher verboten. Anonym schrieb sie einige Kinderbücher. Leider ist nichts davon erhalten geblieben. Gertruds Eltern hatten in Berlin am Lützowplatz gewohnt, wo sie

1944 bei einem Fliegerangriff gemeinsam ums Leben kamen. Das Haus, in dem sie wohnten, wurde bis auf die Grundmauern zerstört.

Zu dieser Zeit beendete Gertrud ihre Zeit beim »Arbeitsdienst« in Thüringen. Ohne Unterbrechung wurde sie zum »Kriegshilfsdienst« eingezogen, um in einer nahe gelegenen Fabrik Flakgranaten zu drehen. Im März 1945 wurde die Fabrik durch Bomben zerstört. Gertrud kam mit dem Leben davon. Da sich niemand mehr um sie kümmerte, machte sie sich auf gut Glück zu Fuß auf den Weg. Ein Militärlastwagen nahm sie in die Gegend um Göttingen mit. Dort fand sie ein Unterkommen auf einem Bauernhof als Magd.

»Da ging es mir gut. Ich bekam ausreichend zu essen: Kartoffeln, Haferbrei, Milch. Das bekomme ich immer noch«, lachte sie, »einmal in der Woche wandere ich zu Fuß mit meinem leeren Rucksack hinaus, um mit einem vollen wieder zurückzukehren! Eine Stunde hin, eine zurück! Mit ein paar Kartoffeln«, lachte sie weiter, »oder etwas Butter läßt sich sogar meine Studentenbude finanzieren! Manchmal nimmt mich ein Milchauto ein Stück mit, manchmal ein Pferdewagen. Man kennt mich eben dort.«

»Hat dich der Bauer geliebt?«

»Er tut es vermutlich immer noch. Er heißt übrigens Manfred.«

»Verzeih mir, Gertrud. Ich hätte nicht fragen dürfen.«

»Warum nicht? Ich erzähl dir, was du wissen möchtest:

Ein Bauer lebt allein auf seinem Hof. Er hat vor zwei Jahren seine Frau verloren. Er ist noch jung, gesund und kräftig. Aber er ist einsam.

Da flattert hilfesuchend ein Mädchen auf seinen Hof, ein Mädchen, jung, blond, langbeinig und halb verhungert.

Zwei Menschen in Not. Sie geben einander, was sie brauchen. Ohne viele Worte. Als das Mädchen nach fast zwei Jahren den Hof verläßt, um in Göttingen zu studieren, geben sie sich einfach die Hand.

›Danke!‹ sagt das Mädchen.

Und ›Danke!‹ sagt der Mann, ›und wenn du etwas brauchst ...‹

Manfred hat übrigens eine Freundin gefunden. Sie werden bald heiraten.«

»Wirst du zu ihrer Hochzeit gehen?«

»Selbstverständlich!«

»Nimmst du mich mit?«

»Wenn du möchtest, Heinrich. Gerne!«

Sie sah ihn an, lachte und fiel ihm wortlos um den Hals ...

Heinrich kannte niemand, als er nach Göttingen kam. Mit Mühe fand er eine »Schlafstelle«, das heißt: ein Doppelbett, das er mit einem anderen Studenten, einem ehemaligen Jagdflieger teilte. Am Monatsende würde er die halbe Miete bezahlen müssen.

Er bewarb sich um eine Stelle als Reitlehrer. Ohne Erfolg: Es gab nur wenige Stellen, die schon in festen Händen alter Kavallerieoffiziere waren.

Er versuchte sich als Gepäckträger, als Zeitschriftenverkäufer – der Verdienst reichte knapp für die Miete. Wovon sollte er leben? Zum ersten Mal in seinem Leben machte er Schulden: 20 Reichsmark!

Natürlich hatte er vom »Schwarzen Markt« gehört. Fast alle Kommilitonen sprachen davon. In den Zeitungen las man: »Schwarzhändler-Bande aufgeflogen!« So ungefähr.

Er begann sich umzuhören, und nach wenigen Tagen schon hatte er ein ziemlich klares Bild: Der sogenannte »Schwarze Markt« entpuppte sich als eine äußerst vielgestaltige Veranstaltung, an der fast jeder in der einen oder anderen Form beteiligt war. Als Käufer oder Verkäufer.

Es gab diese großen, mafiösen Schieberbanden, mit ihren internationalen Verbindungen, von denen die Zeitungen berichteten. Aber es gab auch den gewitzten kleinen Lieferanten von Kaffee und Zigaretten, »en gros« mit seinen amerikanischen Freunden. Oder den schwarzen »Lebensmittelhändler«, der seine Ware von zahllosen Hamsterkäufen auf dem Lande bezog. Und es gab die unzähligen, hungrigen Studenten, die, oft in freundschaftlichen Netzwerken, Waren des täglichen Bedarfs aller Art irgendwo besorgten, hin und her schoben, mit kleinen Verdiensten: Schokolade, Seife, Stoffe, Schuhe, Damenstrümpfe. Zu ihrer Klientel gehörten auch die vielen alten Damen, die nach und nach ihre Erinnerungen an ihr früheres Leben verkauften: Schmuck, Kleider, Teppiche, und die oft Studenten »aus gutem Hause« mehr vertrauten als den professionellen Schiebern.

Illegal war wohl alles, aber nicht alles war »unrecht«. Dieser tägliche kleine Studentenhandel, zum Beispiel, man sah über ihn hinweg, denn sonst wäre ein Überleben als Student kaum möglich gewesen.

Und hier fand auch Heinrich seine Lebensnische. Er wurde nicht reich davon, aber er verhungerte nicht. Und schon bald konnte er von seiner »Schlafstelle« in eine Studentenbude ziehen – im gleichen Haus, in dem auch Gertrud ihr Zimmer hatte.

Er hatte die Gesetze des Marktes gelernt.

Bis die Währungsreform 1948 allen großen und kleinen Gestaltungsformen dieses Marktes schlagartig ein Ende bereitete. Bis zu seinem großen Staatsexamen würden sie noch vier Jahre überleben müssen! Und so heuerte er zwei Tage nach der Währungsreform als Volontär bei einer Sparkasse an, für 100 deutsche Mark im Monat. Ein bescheidenes Gehalt, und doch erwies sich die Kaufkraft dieser kleinen Summe neuen Geldes als erstaunlich groß.

Da zu gleicher Zeit auch Gertrud als Volontärin in einem Verlagslektorat zu ähnlich »fürstlichem« Gehalt anfing, hatten sie das Gefühl, es ging ihnen gut, gut genug jedenfalls, um durchzuhalten, bis Heinrich 1952 seine 2. Juristische Staatsprüfung mit »Prädikat« abgelegt haben würde. Denn dann, das hatten sie sich seit langem versprochen, würden sie heiraten. Es reichte noch für ein Hochzeitskleid. Heinrich hatte seinen schwarzen Anzug geliehen.

Das Hochzeitsessen fand auf Manfreds Hof statt. Vier Gänge!

Er hatte darauf bestanden, es ihnen ausrichten zu dürfen. Es war ein wunderschönes Fest. Mit Blasmusik – fast wie in Pommern!

Wann immer sie später an ihre Göttinger Jahre zurückgedacht hatten, hatten sie am Ende gerufen: »Eigentlich ist das unsere fröhlichste Zeit gewesen!« – und hatten gelacht und sich umarmt ...

*

Er hatte lange nicht mehr an jene Zeit gedacht.

Vor zwei Jahren schon hatte er erwogen, Lesesessel und Leselampe nach Hause zurückschaffen zu lassen. Er hatte den Entschluß immer wieder vor sich hergeschoben, obwohl sein Haus ihn längst wieder aufgenommen hatte, fast wie früher.

Er war aufgestanden, war, wie es seine Gewohnheit war, noch einmal ans Fenster getreten. Bald Mitternacht. Der Mond war durch die Wolken getreten.

»Du bist noch lange nicht am Ende, Heinrich«, hatte Gertrud gesagt, mit einem letzten Lächeln. »Denk daran!«

Morgen früh würde er nach Karlsruhe fahren. Kein guter Tag wahrscheinlich.

Er legte noch einen Zettel auf Frau Hases Schreibtisch:

Man möge doch bitte Lesesessel und Leselampe nach Hause schaffen lassen. Sie sollten dort abgestellt werden, wo sie immer gestanden hatten.

5.

Auf seine drei Telefone war Orgas stolz: das schwarze für die Amtsleitung, das elfenbeinfarbene für die Hausleitungen, das rote für seine Geheimnummer. Niemand sonst im Haus hatte mehr als zwei Apparate. Auch Krasnitz nicht.

Er war dabei, seinen Schreibtisch abzuschließen, als ein dunkles Summen ertönte: das rote Telefon!

Das könnte Paul Knute sein. Er hatte dem Finanzgeschäftsführer des Snake-Fonds seine Geheimnummer gegeben.

Er hob den Hörer ab: »Orgas.«

»Knute.« Es knackte in der Leitung.

»Herr Knute! Schön, daß Sie sich noch mal melden! Ich hab mit Krasnitz gesprochen.«

Sie reden mit verwandten Stimmen: mit der plumpen Freundlichkeit »alter Freunde«, die schon lange davon träumen, dem anderen den Hals umzudrehen, davon aber Abstand nehmen, in der Hoffnung, ihn statt dessen noch einmal über den Tisch zu ziehen.

»Haben Sie ihn weichgekloppt?« Sein Lachen hatte einen metallischen Klang.

»Noch nicht ganz. Der freundliche Krasnitz kann ein verdammt harter Knochen sein. Immerhin ...«

»Was?«

»Der 1. Stufe stimmt er zu!«

»Kann ich mir denken.« Wieder dieses scheppernde Lachen. »Aber Sie haben ihm wohl klargemacht: Stufe 1 und Stufe 2 gibt's nur im Doppelpack!«

»Klar, Herr Knute.«

»Über den Rest läßt sich reden.«

Arroganter Schnösel! geht es Orgas durch den Kopf.

»Verstanden. Ich bin sicher, er wird zustimmen. Vielleicht schon morgen früh. Krasnitz weiß, er hat keine Wahl. Schade nur, daß er nicht selbst auf die Idee gekommen ist, dann hätten wir es leichter.«

»Das kenn ich. Wir werden ihn also morgen früh vor der Sitzung zu seinem guten Plan beglückwünschen!«

»Lieber nicht. Krasnitz ist kein Dummkopf. Und seine Eitelkeit hält sich auch in Grenzen. Falsches Lob könnte kontraproduktiv sein. Lassen Sie mich lieber machen!«

»Meinetwegen. Sie werden am besten wissen, wie sie ihn behandeln müssen. Hauptsache ...«

»... wir kommen zum Ziel.«

»Ich vertraue Ihnen, Orgas. Viel Zeit haben wir aber nicht. Ist dieser Krasnitz immer so schwierig?«

»Schwierig? Anders, würde ich sagen. Bedächtig und – anders eben.«

»Anders als ...?«

»Als Sie und ich, zum Beispiel.«

»Ein komischer Typ also?« lachte Knute.

»Wenn Sie so wollen. Eigentlich paßt er nicht mehr in seinen Anzug.«

»Als Chef?«

»Als Unternehmer. Dabei genießt er noch immer hohes Ansehen. Er ist beliebt bei seinen Leuten. Beneidenswert beliebt ...«

»Bei den Damen?«

»Nicht so, wie Sie jetzt meinen,« lachte er. »Er lebt wohl allein.«

»Als Unternehmer passt er nicht in seinen Anzug? Das müssen Sie mir erklären. Er war doch ungewöhnlich erfolgreich. Ist es immer noch ...«

»Er genießt großes Ansehen, ist zählebig. Früher stand ihm der Anzug. Sein Problem ist: Die Anzüge sind anders geworden.«

»Wie immer. Wie kommen wir weiter? Morgen früh, meine ich. Noch hat er ja wohl das Sagen. Oder?«

»Hat er, ja. Er läßt sich auch nicht einfach überreden. Auch von Ihnen nicht! Er muß von der Richtigkeit überzeugt sein. Das kann in Sekundenschnelle gehen, es kann aber auch dauern.«

»Und was ist Ihre Prognose für morgen früh? Viel Zeit haben wir nicht.«

»Es wird schon klappen. Die Logik ist zu eindeutig. Wir müssen nur verhindern ...«

»Was?«

»Krasnitz hat seine Grundsätze, seine Überzeugungen. Wenn er darüber stolpert, können wir unseren Plan vergessen.«

»Bißchen altmodisch, der Herr?«

»Das meinte ich mit dem Anzug.«

»Können Sie sich noch etwas deutlicher ausdrükken. Wir müssen wissen, mit wem wir es zu tun haben.«

»Meinetwegen: Er spricht nicht oft von seinen Überzeugungen, aber wenn, dann redet er wie ein Prediger.«

»Und meint er das ernst?«

»Absolut.«

Er hörte Knute laut stöhnen. »Wie kommen Sie damit bloß zurecht, Orgas?«

»Ganz gut. Daran gewöhnt man sich.«

»Kann er auch mal lachen, Ihr Krasnitz?«

»Und ob! Sein Lachen schallt durch die Wände, und wer es hört, lacht mit.«

»Über ihn?«

»Ich glaube nicht. Und wenn, würde es ihn nicht stören.«

»Komischer Laden. Aber irgendwie ...«

»Anders. Und – ich weiß, Herr Knute, Sie werden jetzt lachen – mit diesem Anderssein hält der seinen Laden zusammen. Ich würde mich hüten, so über Krasnitz zu reden. Nicht mal mit Ingeborg, ich meine Frau Schneider, meiner Sekretärin ...«

»Wie alt ist die denn?«

»28. Jung und blitzgescheit.«

»Hübsch?«

»Auch das.«

»Jung und hübsch und blitzgescheit – und lacht nicht heimlich über Krasnitz' Schrullen?«

»Gerade die jungen Leute – wie soll ich es sagen ...«

»... beten ihn an?«

»Das wohl nicht. Vielleicht eher: Sie bemühen sich, es ihm gleichzutun. Krasnitz ist eine Art Seelenfänger.«

»Wie ein Sektenprediger?«

»Krasnitz wäre entsetzt, würde man ihn so ansehen. Im Innersten ist er bescheiden, introvertiert und erstaunlich uneitel ...«

Knute lachte laut auf: »Das Idealbild eines Unternehmers also: gewinnend und undurchsichtig, zielstrebig und listig, Mönch und Zauberer zugleich. Wissen Sie eigentlich, Herr Orgas, daß auch Sie gerade zu schwärmen angefangen haben?«

Orgas lachte etwas gepresst: »Im Übrigen hat er es auch noch leicht, denn er sieht auch verdammt gut aus. Ich wollte Sie nur warnen. Krasnitz ist ein grundehrlicher Spieler. Ich habe ihn noch nie bei einer Lüge ertappt. Gerade das aber glaubt man ihm nicht immer. Und dann macht man den falschen Zug.«

»Klingt spannend,« lachte Knute, »danke für den Tip. Ich freue mich auf morgen.«

»Ich auch, Herr Knute.«

Orgas warf den Hörer auf die Gabel.

»Affe!« stieß er hervor.

Knute hatte leise aufgelegt, blickte mit stolzem Lächeln auf sein Publikum: »Na?«

»Leichtes Spiel!« lachte Otto Jahn anerkennend. Knutes Chef hatte aufmerksam zugehört.

»Und Orgas kriegen wir billig dazu!«

6.

Für 16 Uhr hatte er sie in sein Büro gebeten. Bis dahin würde er bestimmt aus Karlsruhe zurückgekehrt sein.

Es war schneller gegangen als gedacht. Nur eine knappe Stunde hatte die Sitzung gedauert. Das Wichtigste hatten sie vorher erledigt, im kleinen Kreis. Otto Jahn, der Vorsitzende der Geschäftsführung des Snake-Fonds, Knute, Orgas und er: Tagesordnungspunkt 2 wurde gestrichen. Ohne Diskussion. In etwa vier Wochen würde man sich wieder treffen. Bis dahin wird die BIH ein Verkaufsangebot vorlegen. Einzige Bedingung: Ab sofort werden Krasnitz und Orgas den Vorstand der Electronic in vollem Umfang in die Verkaufsüberlegungen einbeziehen.

»Eine Selbstverständlichkeit!« hatte Krasnitz gesagt, in einem Ton, der die Schatten auf den Gesichtern seiner Gesprächspartner verschwinden ließ. Ob er sich für deren Diskretion verbürgen könne, hatte Jahn gefragt. »Unbedingt« hatte er erwidert und ein verbindliches Lächeln aufgesetzt.

»Und wie erklären wir unseren Aufsichtsratskollegen die Streichung des Tagesordnungspunktes 2? Die platzen doch vor Spannung!« fragte Jahn.

»Entweder: Hat sich erledigt. Oder: Hat sich vorläufig erledigt. Ich bin für die zweite Version. Ehrlichkeit macht sich am Ende immer bezahlt!«

»Einverstanden, Herr Krasnitz.«

Krasnitz sah, wie Knute Orgas ansah. Hatte er ihm zugezwinkert?

»Fangen wir an, Herr Jahn?«

»Gern.«

»Wir werden bald fertig sein. Sollen wir das Mittagessen streichen?« lächelte Krasnitz.

»Eine vernünftige Sparmaßnahme!« lachte Jahn. »In vier Wochen holen wir das Essen nach.«

»Versprochen!«

Vielleicht, hatte Krasnitz gedacht, während er Jahn mit einer Handbewegung den Vortritt in der Tür zum Sitzungssaal ließ, vielleicht sollte ich das nächste Mal mit Jahn allein sprechen.

Würde es das geben: ein nächstes Mal?

7.

Noch zehn Minuten. Sie wird pünktlich sein.

Auf dem Rückweg von Karlsruhe hatte er ihre Personalakte noch einmal durchgeblättert: Geboren in Köslin! Kein Zweifel!

Wie sollte er anfangen? Alberne Frage! Er wollte sie doch nur testen. Es ging um die kommunikative Begleitung des Projekts Electronic. Falls es soweit kommen sollte. Mal sehen, was ihr dazu einfiel.

Er trat ans Fenster. Die Obstbäume an den fernen Hängen des Vorgebirges standen in voller Blüte. Rosa und weiße Flammen in der Nachmittagssonne.

Die Augen. Britas Augen?

Hinter dem Schloßpark mit seinen alten Eichen lag der sogenannte Berg, kaum 50 Meter hoch. Auf dem höchsten Punkt stand ein überdachter Hochsitz. Bei klarem Wetter konnte man von hier den blaugrau schimmernden Streifen der Ostsee sehen.

Es war im Herbst gewesen, am 10. Oktober 1939, am frühen Nachmittag, er erinnerte sich genau. Er hatte es ihr sagen müssen. Er hatte es Friedrich versprochen, seinem Bruder. Er wußte, es war ein Geheimnis.

»Kümmer dich um sie!« hatte Friedrich gesagt. Er hatte ihn nicht angesehen, hatte nur genickt und dabei auf die grauen Knöpfe an Friedrichs Uniform geblickt. Das war am 30. August 1939 gewesen. Das hatte er nie vergessen. Zwei Tage nach seinem 13. Geburtstag.

»Kümmer dich um sie«, hatte Friedrich gesagt. Am nächsten Tag war er zum Forsthaus gelaufen. Er hatte den Pirschpfad durch den Wald genommen. Vor dem Forsthaus hatte er gewartet, hinter einem Fliederbusch versteckt. Dort wohnte Roggenbuk, der Förster, Britas Vater. Ihr Zimmer lag im Obergeschoß. Er kannte ihr Fenster. Das Fenster war geschlossen.

Am nächsten Tag kam er wieder. Am dritten Tag stand das Fenster offen. Er pfiff zwischen den Fingern. Sie schaute heraus, winkte ihm zu. Er gab ihr ein Zeichen mit der Hand. Sie nickte.

Brita war einen Kopf größer als er. Er sah zu ihr auf, blickte in ihre großen, hellbraunen Augen.

»Friedrich«, sagte er. Er senkte den Kopf. Er wusste nicht weiter.

»Ja?« half sie ihm.

»Ich soll mich um dich kümmern.« Er ärgerte sich. Er wußte, seine Ohren waren rot geworden.

»Hat Friedrich das gesagt?«

Er nickte und sah ihr wieder in die Augen.

»Nett!« sagte sie. »Und wie?«

»Ich könnte zu dir kommen. Dienstagnachmittag hab ich immer Zeit.«

Sie legte den rechten Zeigefinger auf ihre Lippen. Er hatte im Eifer etwas zu laut gesprochen.

»Keine gute Idee!« sagte sie. »Weißt du kein Versteck?«

Er dachte einen Moment nach. »Wie wäre – der alte Hochstand auf dem Berg?«

»Gut. Dort kommt kaum jemand vorbei. Dienstags, sagtest du? Gegen vier? Und wenn ich mal nicht kann?«

»Ich warte immer bis sechs.«

»Dann wirst du mir von Friedrich erzählen«, flüsterte sie.

»Es wird Krieg geben, hat er gesagt.«

Sie legte ihre Hände auf seine Schultern, zog ihn an sich.

»Es wird nicht lange dauern, hat er zu mir gesagt. Bald werde ich wieder bei dir sein. Bestimmt? Ganz bestimmt. Und dann? Ja, dann …«

»Dann?«

»Pst!«

»Ich weiß! Es ist ein Geheimnis!«

Sie zog ihn noch einmal an sich.

»Lauf jetzt!«

Und er war losgerannt, aufgeregt, verwirrt, bis er unter dem alten Hochsitz stand. »Brita!« flüsterte er. Dann stieg er die knarrenden Sprossen hinauf, als wäre schon Dienstag. Er sah auf seine Uhr: zehn vor vier.

8.

Krasnitz war nah an die Scheibe herangetreten, sein Atem bildete auf dem Glas einen immer größeren Nebelkreis und die fernen Blütenfelder verschwammen.

Er hörte das schleifende Geräusch der Tür, dann die gedämpfte Stimme der Aushilfssekretärin:

»Herr Dr. von Krasnitz! Frau Franziska Liebenow.«

Vier Uhr. Er drehte sich langsam zu ihr um, sah, wie sich die Tür hinter ihr schloß.

»Kommen Sie, Frau Liebenow!« Mit einer Armbewegung wies er zum Fenster. »Ist das nicht eine Pracht?«

Sie trat ohne Zögern an seine Seite, folgte seinem Blick, ließ einige Sekunden verstreichen. »Wunderschön!« Er hörte ihren Atem. »Monet?« sagte sie zögernd. »Fast«, erwiderte er. »Bis auf das Blaugrau der Berge im Hintergrund.« Sie lachte ungezwungen.

»Kommen Sie, Frau Liebenow!«

Er wies auf den Sessel vor seinem Schreibtisch. Er wartete, bis sie Platz genommen hatte, ehe er sich setzte.

»Ich möchte etwas mit Ihnen besprechen. Ich habe mir Ihre Personalakte angesehen: Eindrucksvoll! Ich darf also davon ausgehen, daß Sie die wichtigste Grundregel Ihres Berufes beherrschen: Diskretion!«

Sie nickte.

Dieser Ernst! Nahm der ihn noch stärker für sie ein als das Lachen?

Britas Augen? Er erinnerte sich nicht.

»Zu unserem Konzern gehörte von Anbeginn, das heißt seit etwa 30 Jahren, eine maßgebliche Beteiligung an der Electronic AG«, fing er an. »Damals hieß sie noch Elektrogeräte GmbH. Mit der Einführung der Gesellschaft an die Börse mußten wir den Namen ändern, modernisieren«, lachte er, »geschäftlich hatte das nicht viel zu sagen. Einschneidender und, wie sich später zeigte, folgenreicher war die mit der Börseneinführung notwendig werdende Reduzierung unseres Anteils am Kapital der Gesellschaft. Von 51 auf 36 Prozent. Jahrelang schien sich nichts geändert zu haben. Die Electronic AG blieb eine unserer erfolgreichsten Gesellschaften. Umsatz und Ertrag wuchsen stetig, die Dividenden wuchsen mit und der Börsenkurs stellte die Aktionäre zufrieden. Deshalb sahen die meisten von ihnen auch keinen Anlaß, die Hauptversammlungen zu besuchen. Mit unseren 36 Prozent hatten wir stets eine bequeme Mehrheit. Langweile ich Sie, Frau Liebenow?«

»Im Gegenteil!«

»Warten Sie nur! Die spannenden Kapitel kommen erst noch!

Der Erfolg hatte uns verwöhnt. Aber auf das Glück hat man bekanntlich kein Abonnement. Erste Signale des Umschwungs wurden als ärgerliche Ausreißer wahrgenommen. Schließlich reichten die kleiner gewordenen Zahlen noch immer für die gewohnt ansehnliche Dividende aus. Und die langsam fallenden Börsenkurse würde der nächste Boom schon wieder ausbügeln. Schließlich waren die Kurse anderer Aktien auch gefallen. Dachten wir.

Ich weiß, ich rede, als würde ich aus einem Geschäftsbericht vorlesen. Das wäre ebenso langweilig. So oder so: Ich kann Ihnen diese Einführung nicht ersparen«, lachte er. »Also weiter: Ich will uns nicht schlechter machen, als wir waren. Früher als mancher andere hatten wir begriffen, daß wir nicht in einem Konjunkturtal, sondern in einem neuen Zeitalter gelandet waren. Die ersten Wellen rollten damals vom Westen, von der anderen Seite des Atlantiks heran. Große Teile des Produktionsprogrammes von Electronic, bis vor kurzem noch Renner im Markt, sahen plötzlich alt aus. Doch damit nicht genug: Wie ein Echo schlug eine zweite Welle, diesmal von Osten, auf uns ein. Japan hatte uns in seiner Nachkriegsentwicklung überholt und sich dem Tempo amerikanischen Fortschritts angepaßt.

Zum Glück hatten wir eine gut gefüllte Kasse und eine erstklassige Mannschaft, gut ausgebildet und von sportlichem Ehrgeiz getrieben. Wir hatten Zeit verloren, aber wir holten auf. Wir konzentrierten uns auf unsere Stärken, und so schlossen die wichtigsten Electronics-Produkte bald wieder zur Weltspitze auf.

Aber in der permanenten technischen Revolution mitzuhalten, kostete Kraft. Vielleicht versäumten wir es deshalb, eine weitere, gefährlichere Revolution wahrzunehmen, die sich bereits andeutete.«

Er zog ein Taschentuch hervor, tupfte seine Stirn ab.

»Ich hoffe, Sie können mir noch folgen?«

»Ich glaube ja, so ungefähr jedenfalls«, lächelte sie, »ich bin gespannt auf die Pointe.«

Er musste lachen: Wie jung sie war! Viel jünger als ihr Alter!

»Möchten Sie etwas trinken?«

»Nein, danke! Noch nicht!«

»Noch nicht?«

»Erst nach Ihrer Geschichte.« Jetzt lachte sie auch.

»Also weiter: Ich meine die Revolution der Geschäftsphilosophie, oder genauer, der Spielregeln. Früher genügte ein Wort, ein Handschlag ...«

Er erhob sich, trat ans Fenster.

»Sehen Sie, die Bergkuppen erstrahlen im letzten Sonnenlicht.«

Sie hatte sich schweigend neben ihn gestellt.

»Wandern Sie gern, Frau Liebenow?«

»Sehr gern.«

Eine Weile war es still im Raum.

»Ich glaube, es fehlte uns einfach die Phantasie, uns vorzustellen, daß die Anstandsregeln, das alte Ideal des ›ehrbaren Kaufmanns‹ außer Kraft gesetzt sein könnten. Und dabei hat diese Revolution gerade erst begonnen. Sie wird das neue Jahrhundert bestimmen, und während wir uns noch immer in der Nachkriegszeit bewegen und meinen, daß bis zum Jahr 2000 noch viel Zeit vergeht, hat die Welt sich die neuen Spielregeln schon zu eigen gemacht.«

Er machte eine Pause und sah Franziska Liebenow an, die schweigend neben ihm stand.

»Verzeihen Sie mir, Frau Liebenow. Mein Gerede muß Sie verwirren.«

Sie schaute ihn an und öffnete den Mund, als wolle sie etwas sagen.

»Reden Sie nur!« lächelte er. »Dies Gespräch ist sowieso schon aus dem üblichen Rollenspiel herausgefallen. Aber keine Sorge, wir finden bald wieder in unsere Rollen zurück.«

»Was wird meine Rolle sein?«

»Ich habe Sie zu mir gebeten, weil ich mich mit Ihnen über eine Kommunikationsfrage beraten und Ihnen dann einen Auftrag erteilen möchte. Es hat sich aber gezeigt, daß meine Absichten schwieriger zu formulieren sind, als ich dachte. Ich bin auch noch nicht fertig. Haben Sie noch etwas Geduld?«

Sie nickte.

»Kommen Sie, setzen wir uns wieder! Wir sollten jetzt aber doch etwas trinken. Meine Sekretärin wird nach Hause gegangen sein. Im Vorzimmer gibt es einen Kühlschrank. Dort gibt es sicherlich zwei Flaschen Mineralwasser.«

Sie war schon aufgestanden.

»Irgendwo werden Sie auch Gläser finden.«

Er blickte ihr nach. War es dieser Tag, der ihn zum Reden gebracht hatte? Oder …?

Sie brachte das Wasser, füllte die Gläser. Sie wartete, bis er getrunken hatte, dann hob sie ihr Glas.

Er sah ihr in die Augen.

»Ich habe heute eine Niederlage erlitten«, sagte er.

Sie hatte ihren Kopf gesenkt, blickte auf ihre Hände. Sie lagen vor ihr auf der Tischplatte ausgestreckt, mit den Handrücken nach oben. Schmale und gepflegte Hände, mit langen, gut geformten Fingern.

»Brita!« entfuhr es ihm leise. Er hätte das Wort gern zurückgenommen, ebenso die Erinnerung. Sie paßte nicht hierher.

Brita! Er vermied es, sie anzusehen, starrte über die Baumkronen auf das ferne, graue Band der Ostsee, ohne es wahrzunehmen.

Er hatte es ihr sagen müssen. Friedrich, sein Bruder, hatte ihn darum gebeten. Am Morgen hatte er es erfahren. Mechanisch hatte er das Kalenderblatt über seinem Schreibtisch abgerissen: 10. Oktober 1939, las er, Dienstag, las er.

Fünf Minuten nach vier. Er war noch nie zu spät gekommen. Brita saß schon auf dem Hochsitz. Sie blickte zu ihm hinunter. Hatte sie es ihm angesehen? Sie lachte nicht wie sonst, sah ihm nur zu, wie er langsam, Sprosse für Sprosse, heraufgeklettert kam, sich grußlos neben sie setzte, sie nicht einmal anguckte.

»Na?« hatte sie gefragt.

Noch immer sah er sie nicht an. Er starrte auf ihre Hände, die lang ausgestreckt auf ihren Schenkeln ruhten. Er brütete schweigend vor sich hin, als könnte sein Schweigen alles ungeschehen machen.

Sie packte ihn an der Schulter, schüttelte ihn sanft.

»Was ist, Heiner!« So nannte sie ihn.

»Friedrich ...«, flüsterte er. Sie hatte sich nah zu ihm hinüberbeugen müssen, um ihn zu verstehen.

»Friedrich –?«

»Friedrich ist gefallen!« Er sprach dieses Wort, er hatte es am Morgen zum ersten Mal gehört, er sagte nicht »tot«, er sagte »gefallen«, als wäre das etwas anderes als »tot«.

Zuerst hatte er nur das Zittern wahrgenommen, das Zittern, das sich von ihrem Körper auf das alte Holzgerüst übertrug. Dann krampften sich ihre Hände zu zwei Fäusten zusammen und mit dem Schrei: »Nein!« begann sie, erst langsam, dann immer schneller, auf ihn einzuschlagen. Er wehrte sich nicht, ließ die Schläge über sich ergehen, und die Schreie, die Schreie, die nicht aufhören wollten, als sie schon in Sprüngen, zwei Sprossen auf einmal nehmend, die Leiter hinunterstürzte und auf dem Waldpfad davonrannte, als ließe sich noch etwas ändern, wenn sie nur diesen Schreckensort für immer verließe.

Er blieb wie erstarrt, sah, wie die Nachmittagssonne sich zwischen den Eichen langsam verfärbte und schließlich versank. In der Dämmerung schrie ein Käuzchen hinter ihm. Er hörte den Flügelschlag, wandte sich nicht um. Der Waldpfad löste sich in der Dunkelheit auf. Bald würde der Mond aufgehen. Er wartete mit geschlossenen Augen. Zeit war vergangen, leere Zeit, bis er sie wieder aufschlug. Er wandte sich um, dem nebligen, von Tannenzweigen gefilterten Licht zu, sah die Sichel. Abnehmend! stellte etwas in ihm fest.

Er folgte dem mondbeschienenen Pfad durch den Park. Im Haus brannte kein Licht. Die Haustür gab das vertraute, knarrende Geräusch von sich. Nichts rührte sich im Haus. Es war still, als lebte hier niemand mehr.

Tag für Tag wanderte er zum Hause Roggenbuk. Britas Fenster blieb geschlossen. Am fünften Tag traf er Förster Roggenbuk.

»Brita? Ist nach Stettin gefahren. Hat sich freiwillig gemeldet als Rot-Kreuz-Helferin.«

Er hat sie nie wieder gesehen.

»Verzeihen Sie, Herr Dr. von Krasnitz, haben Sie gerade Brita gesagt?«

»Der Name ist mir durch den Kopf gegangen. Ich habe ihn lange nicht gehört, aber heute morgen …«

»Meine Mutter hieß Brita.«

»Richtig! Heute morgen habe ich Ihre Personalakte durchgeblättert, da ist mir der Name aufgefallen. Ziemlich selten geworden. Ihre Mutter lebt nicht mehr?«

»Sie ist schon über 20 Jahre tot.«

Er nickte, schwieg einen Augenblick. »Und Ihr Vater?«

»Mein Vater ist als Ingenieur zur Kriegsmarine eingezogen worden. 1943, da war ich gerade zwei Jahre alt. Anfang 44 wurde er auf ein U-Boot versetzt. Das war das Letzte, was meine Mutter von ihm gehört hat.«

Es musste beim Frühstück gewesen sein, an einem Tag im August 1940, während der Sommerferien. Er sah seinen Vater vor sich. Er hatte seine Lesebrille abgenommen, hatte einen eben geöffneten Brief vor sich auf den Tisch gelegt, hatte erst die Mutter, dann ihn angesehen:

»Nächste Woche, am Sonnabend, heiratet die Tochter vom Roggenbuk.«

»Die Brita?« warf Heinrich ein.

»Die Brita, ja. Ich meine, ich sollte hingehen. Das sind wir unserem Roggenbuk schuldig. Ich hab gerade gerechnet: Seit 24 Jahren ist er unser Förster.« Die Mutter starrte stumm vor sich hin.

Heinrich hatte seine Tasse abgestellt, war aufgestanden.

»Wen heiratet Brita?«

»Franz Liebenow.«

»Den Ingenieur aus Köslin?«

»Tüchtiger Mann!« sprach der Vater sein Urteil.

Heinrich rannte hinaus, zur Stellmacherei, nahm sich eine große Baumsäge, lief durch den Park.

»Friedrich!« schrie er den alten Eichen zu. Er packte die Baumsäge wie eine Waffe, stürzte zum Hochsitz. Er setzte die Säge an den ersten Pfahl, an den zweiten, den dritten, den vierten. Er warf sich mit seinem Körpergewicht gegen die Leiter. Das Gerüst schwankte und kippte hintenüber ins dichte Unterholz.

»Das hab ich nicht gewußt!« Er stockte einen Augenblick. »Ich meine, von Ihrem Vater stand nichts in Ihrer Personalakte, Frau Liebenow.«

»Nach meinem Vater fragt mich niemand. Was soll ich auch antworten? Vermißt? Nicht mal ein Foto ist mir geblieben.«

Sie griff nach ihrer Tasche, kramte darin herum. Er zog ein Taschentuch hervor, reichte es ihr über den Tisch.

»Danke!« Sie tupfte ihr Gesicht ab, putzte sich die Nase, hielt das Taschentuch unschlüssig über den Tisch.

»Behalten Sie es!«

Sie schwiegen einen Augenblick.

»Als hätte es ihn nie gegeben«, sagte er.

»Ich habe drei Briefe von ihm an meine Mutter. In jedem Brief steht der Satz: ›Was macht mein Weibele?‹ So hat er mich genannt, hat meine Mutter mir erklärt.« Sie stockte. »Von den Briefen habe ich nie jemandem erzählt. Nicht einmal meinem Mann.«

Warum durfte er nicht über den Tisch nach ihrer rechten Hand greifen und sie drücken, zwei, drei Sekunden nur?

»Sie waren nicht lange verheiratet?«

»Drei Jahre. Danach habe ich meinen Mädchennamen wieder angenommen. Ich war 22. Vielleicht dachte ich, ich könnte so noch mal von vorne anfangen.«

»Liebenow, ein schöner Name!«

»Früher wurde ich deswegen gehänselt.«

»Unsinn! Ich freue mich, wenn ich Ihren Namen aussprechen darf ...«

Sie hatten ihre Fahrräder bei ihm gekauft, Friedrich und er. In Köslin, beim Liebenow. Der Name stand in großen schwarzen Buchstaben über dem Schaufenster, Franz Liebenow brachte ihnen gerne bei, was sie wissen mußten. Fahrradschläuche zu reparieren, zum Beispiel, oder abgesprungene Ketten wieder aufzumontieren. Liebenow war vielleicht zehn Jahre älter als Friedrich ...

Warum hatte er sich nie mehr nach Brita erkundigt? Es wäre ein Leichtes gewesen. Es gab immer noch den Förster Roggenbuk. Vielleicht hätte er Brita nach Jahren aufgesucht, wenn er alles gewußt hätte? Es wenigstens versucht?

Zum letzten Mal war er zu der Stelle gelaufen an einem Tag im Februar 45. Der Platz war überwuchert. Im Unterholz lagen morsche Trümmer. Er fand ein Metallscharnier, hob es auf. Es hatte die Leiter gehalten. Er wischte es ab, hielt es unschlüssig in der Hand, schob es in seine Hosentasche. Er hatte wenig Zeit. In wenigen Stunden würde seine Kampfgruppe von Stolp in den Raum Küstrin abrücken. Er war nur für 24 Stunden nach Krasnitz gekommen, um Abschied zu nehmen.

»Wir haben uns noch viel zu erzählen, Frau Liebenow. Ein andermal. Leider sind wir mit der Arbeit noch nicht fertig. Sie haben doch noch Zeit?«

9.

»Wo waren wir stehengeblieben?«

»Sie erwähnten eine Niederlage.«

»Meine Niederlage«, lächelte er. »Ich kann mich nicht an die Mode gewöhnen, Fehler nach unten zu delegieren. Dabei wäre es ein Leichtes zu erklären: Der Vorstand von Electronic hätte rechtzeitig erkennen müssen, daß das Unternehmen aufgekauft wurde. Niemand würde mir widersprechen, nicht einmal die Wirtschaftspresse. Und wenn doch ein junger Redakteur des ›Spiegel‹, zum Beispiel, die Frage hinausposaunen würde: Und der Aufsichtsratsvorsitzende? Ich könnte, statt einfach zu sagen: Der hat nicht aufgepaßt, mit überlegenem Wohlwollen vor der Presse verkünden, alles sei nach der strategischen Planung des Aufsichtsratsvorsitzenden gelaufen, der, wie man wohl wisse, Vorstandsvorsitzender der Konzern-Holding BIH sei. Was nach außen wie eine Niederlage aussähe, sei in Wirklichkeit ein großer Erfolg für die Holding. Der Fonds hätte uns die Lösung eines Problems abgenommen, das dem notwendigen Umbau unseres Konzerns im Wege gestanden hat.

Der früher oder später unvermeidliche Verkauf unserer Minderheitsbeteiligung wird uns nun finanzielle Mittel zuführen und Managementkapazitäten freisetzen, die uns die unverzügliche Modernisierung unseres Konzerns ermöglichen werden … Und so weiter, und so weiter … Alles Unsinn, natürlich.«

Er hatte sie nicht aus den Augen gelassen und, während er sprach, versucht, in den Veränderungen ihrer Gesichtszüge zu lesen. Da waren Neugier und der Wille, seinen Gedanken zu folgen, die sich abwechselten mit Sympathie, Mitempfinden und Traurigkeit.

Von Zeit zu Zeit hatte er versucht, sich Britas Gesicht in Erinnerung zu rufen, es wieder zu finden in den Zügen Frau Franziska Liebenows. Es gelang ihm nicht.

»Nun?« fragte er

»Ich weiß nicht.«

»Versuchen Sie es!«

»Alles, was Sie sagten, klang wie eine Wahrheit, aber …«

»Und wenn es die Wahrheit wäre?«

»Auch die Niederlage?«

»Von allen Wahrheiten wäre sie mir die liebste.«

»Ich habe mal gelernt …«

»… es gibt nur eine Wahrheit! Ich auch, Frau Liebenow. Eine Wahrheit, ein Recht, eine Moral, eine Liebe, ein Glück, ein Glaube an das Gute, an die Menschlichkeit. Doch mittlerweile entstehen immer neue Regeln, die uns vorgeben, was Recht und Gerechtigkeit, Glaube und Liebe zu sein haben und wie Wahrheit zu definieren ist.«

»Daran werde ich mich nie gewöhnen!«

»Das ehrt Sie. Aber in einer Welt der Relativitäten hilft uns Sentimentalität nicht weiter. Und wieso glauben wir, daß wir unsere Welt der einzigen, einfachen Wahrheit zurückholen können? Diese Welt ist sang- und klanglos untergegangen!«

Er blickte in ihr verschlossenes Gesicht.

»Haben wir uns nicht längst an das freundliche ›Das kommt darauf an!‹ gewöhnt, wenn wir nach der Wahrheit gefragt werden?«

Für einen Moment verlor er sich in ihrem wechselnden Mienenspiel. Er lachte.

»Verzeihen Sie mir, Frau Liebenow, auch ich mag keine Prediger, aber manchmal, ehe ich es mich versehe, werde ich selbst zu einem. Dann fängt man an, in allem Gesetzmäßigkeiten zu erkennen, die man nicht versteht. Und plötzlich findet man sich am Rande des Wahnsinns.

Warum unterbrechen Sie mich nicht einfach und fragen mich, was ich von Ihnen erwarte?«

»Weil so noch niemand mit mir gesprochen hat, Herr von Krasnitz.«

»Das kann ich mir denken. Es ist auch nicht meine Art, einen ganzen Abend lang zu monologisieren. Aber: keine Regel ohne Ausnahme. Den Grund für diese Ausnahme werden Sie erfahren. Ich verspreche es Ihnen. Nicht heute, nicht morgen. Aber bald. Zurück zu unserem Gespräch:

Sie haben bestimmt Fragen.«

Sie nickte. »Viele Fragen. Eine würde ich Ihnen gerne stellen.«

»Bitte!«

»Wenn es mehrere Wahrheiten gibt, wie soll ich dann die Wahrheit Ihrer Niederlage von der Wahrheit des Erfolges unterscheiden?«

»Jede Wahrheit hat heute ihre eigene Qualität, aus der man ihre Gültigkeit abzuleiten versucht. Und wenn wir diese These zugrunde legen, ist die Wahrheit des Erfolges rasch erklärt: Sie wird allein getragen von der Ökonomie, von dem unbestechlichen Gesetz der Zahlen. Ihre Qualität hängt ab von der Qualität der Prämissen. So einfach ist das. Etwas anders steht es um die Wahrheit der Niederlage, meiner Niederlage. Sie ist gekennzeichnet von zwei Grundelementen von unterschiedlichem Gewicht.

Das eine Grundelement ist persönlicher, das andere sachlicher Natur. So verschieden sie sind, sind sie doch untrennbar miteinander verflochten.

Nehmen wir das Persönliche zuerst. Kurz gesagt: Ich habe mir die Initiative des Handelns aus der Hand nehmen lassen. Statt die Regeln des Spiels zu bestimmen, kann ich es nur noch abnicken. Nicht schlimm, könnten Sie sagen, da das Spiel, so oder so, zu ähnlichen Ergebnissen geführt hätte. Es bliebe also kaum mehr als meine gekränkte Eitelkeit, allenfalls ein von der Umwelt kaum wahrgenommener Ansehensverlust. Und damit hätten Sie recht. Wir könnten also die Bücher schließen. Mit meiner Kränkung, meiner persönlichen Niederlage hätte ich fertig zu werden. Eine einfache Wahrheit ... wäre da nicht das andere, das sachliche Grundelement, das mit seinem kaum abzuschätzenden Gewicht auf mir lastet. Und nun geben Sie acht, Frau Liebenow, wir nähern uns endlich dem Punkt im Spiel, an dem, nach den Wünschen des Regisseurs Krasnitz, Ihre Rolle beginnen soll. Ich zähle auf Sie. Aber ...« Er sah sie prüfend, fast erschrocken an. Sie bemerkte ein leichtes Zucken in seinen Augenlidern.

»... verzeihen Sie mir meine Rücksichtslosigkeit! Es ist schon nach sieben! Werden Sie erwartet?«

Zum ersten Mal lachte sie laut auf:

»Nein!«

»Sie leben allein?« Er erschrak über diese Frage. »Pardon!« sagte er.

Wieder lachte sie mit einer ihn überraschenden Ungezwungenheit: »Ich lebe allein, ja.«

»Wir brauchen noch eine Weile.« Er hätte gern weitergefragt – würde sie es falsch verstehen? »Ich bin in Ihrer Schuld – vielleicht würden Sie mir die Freude machen, mit mir später noch zu Abend zu essen. Es gibt hier viele nette Lokale. Wir könnten unser Gespräch dabei fortsetzen ...«

»Danke!« Sie lächelte. »Gern.«

»Ich hoffe, Sie sind so hungrig wie ich. Geben Sie mir trotzdem noch etwas Zeit?« Auf seinem Gesicht lag ein Ausdruck schlecht gespielter Besorgnis. Zu seiner Verblüffung erwiderte sie, mit ebenso schlecht gespieltem Ernst:

»Ich werd's mir überlegen!«

In diesem Ton hätte er gern mit ihr weitergelacht, nur noch gelacht, über den Abend hinweg, das Abendessen. Das Lachen fehlte ihm. Mit wem sollte er heute lachen? Seinem Spiegelbild Grimassen schneiden? Seit Jahren kein Lachen mehr, nur noch Gelächter. Seit Gertruds Tod.

»Sie lachen gern, Frau Liebenow?«

»Sehr gern. Ich hab immer gern gelacht.«

»Schön! Sehr schön! Ich auch. Leider sind wir mit unserem Ernst noch nicht fertig.«

»Um so schöner kann das Lachen hinterher sein.«

Woher mochte sie das haben? Von Brita? 19 war sie damals und er 13. Er erinnerte sich dunkel an ihre Hände, ihre Augen, ihren zarten Lavendelduft, an ihre Stimme kaum. An ihr Lachen? Und Liebenow? Hatte er ihren Mann gekannt? Er konnte lachen, kurz und rauh.

»Ich mache es kurz: In den nächsten Wochen werden wir unsere Beteiligung an der Electronic AG, die älteste unserer Industriebeteiligungen – sagte ich das schon? –, verkaufen müssen.«

»Müssen?«

»Leider ja! Wir werden – ja, man kann es so nennen – erpreßt. Andere mögen sagen: Teil des Spiels! So ist es nun mal, das Wirtschaftsleben!

Und auch dagegen ließe sich wenig einwenden. Denn natürlich kann niemand uns zu diesem Verkauf zwingen. Und mit einem Anteil von 36 Prozent könnten wir dem Mehrheitsaktionär noch manchen

Ärger bereiten. Wem aber wäre damit gedient? Uns nicht, den Aktionären nicht, dem Unternehmen schon gar nicht und vor allem, und das wiegt für mich am schwersten, keinesfalls den Mitarbeitern.

Auch wenn wir unsere Beteiligung nicht verkaufen würden, hätten wir in wenigen Wochen jeglichen Einfluß auf die Führung des Unternehmens verloren, so oder so. Denn in der kommenden Hauptversammlung, in sechs Wochen etwa, wird der neue Hauptaktionär mit seiner Mehrheit alle von der Eigentümerseite bestellten Mitglieder des Aufsichtsrates abberufen, um sie durch ihm genehme Aufsichtsräte zu ersetzen. Orgas, Sie wissen, der Finanzvorstand unserer Holding, und ich werden der Abberufung dadurch zuvorkommen, daß wir unsere Mandate am Tage vor der Hauptversammlung niederlegen werden.

Sie verstehen, Frau Liebenow, das alles geschieht, ob wir verkaufen oder nicht. Es ist in der Tagesordnung zur Hauptversammlung bereits so festgelegt. Bei der Verabschiedung dieser Tagesordnung durch den Aufsichtsrat – reine Formsache – haben Orgas und ich uns der Stimme enthalten. Alles andere, unsere Gegenstimme etwa, wäre sinnlos gewesen. Es hätte die Lage unnötig verschärft und wir hätten womöglich gar keinen Einfluss auf den weiteren Lauf der Dinge mehr gehabt.

Denn natürlich muß den neuen Herren im Hause daran gelegen sein, daß dem gesamten Vorgang von außen – vor allem von der Wirtschaftspresse – wie von innen, also dem Betriebsrat und den Mitarbeitern, nicht zuletzt aber auch von den Geschäftspartnern, Kunden, Zulieferanten und Banken, das Gütesiegel ›Im besten Einvernehmen!‹ verliehen wird. Für alle Zukunftspläne dieser Herren, die ich nicht kenne, mir aber vorstellen kann, ist dieser Schein unerläßlich. Er ist aber ohne uns nicht zu haben. Und deshalb halten wir dank des Verkaufs unserer Aktien und der Bedingungen noch einige Trumpfkarten in der Hand, die wir bis zur äußersten Grenze des angestrebten ›besten Einvernehmens‹ spielen werden.

Dabei geht es nicht allein um den Kaufpreis. Hier hat mein Kollege Orgas in einem diskreten Vorgeplänkel schon das Bestmögliche herausgeholt.

Worum es uns jetzt noch geht, sind klare Absprachen zur Absicherung unserer Mitarbeiter, und zwar so bald wie möglich. Ich treffe mich morgen mit dem Betriebsratsvorsitzenden, Wolfgang Schade, um zu versuchen, einen für die neuen Herren von Electronic gerade noch akzeptablen Rahmen abzustecken. Diskret natürlich. Ich kenne Schade seit Jahrzehnten. Mit ihm kann man Pferde stehlen.

Und damit nähern wir uns der Aufgabe, in der ich Sie gerne sehen möchte, Frau Liebenow. Ich traue es Ihnen zu. – Auch das Pferdestehlen«, ergänzte er lachend.

»Ich hätte noch eine Frage, Herr von Krasnitz.«

»Aber ja!«

»Wo bleibt in diesem Spiel der Vorstand der Electronic?«

»Gute Frage! Meine Antwort: Was wird wohl die erste Entscheidung des neuen Aufsichtsrates sein?«

»Verstehe!«

»Bis dahin müssen wir alles geregelt haben. Ich vergaß übrigens, Sie zu bitten, mich morgen nach Karlsruhe zu begleiten. Sie sollten Schade so bald wie möglich kennenlernen.«

»Gerne! Eine Frage habe ich aber noch.«

»Bitte!«

»Was wird unsere Wahrheit sein, wenn wir mit dieser Arbeit fertig sind?«

»Die Frage gefällt mir noch besser«, lachte er. Dann fügte er hinzu: »Wir müssen wohl beide noch lernen: Am Ende ist jede Wahrheit ein Konstrukt!«

10.

Heute führe er selbst, hatte er gesagt. Sie seien mit Wolfgang Schade in einem Waldgasthaus verabredet, einem Ausflugslokal eigentlich, an Wochentagen käme kaum jemand hin, trotzdem würden sie in einer Nebenstube tagen, ganz gemütlich. Das Gasthaus gehöre einem Vetter von Schade, der werde für alles Nötige sorgen. Nein, hatte er gesagt, ihm mache das nichts aus, er führe manchmal ganz gerne selbst. Außerdem könne man sich so ungezwungener unterhalten.

Er wandte sich ihr für einen kurzen Blick zu. Sie schaute ruhig geradeaus.

»Ich schulde Ihnen eine Erklärung«, sagte er, während der Wagen dahinrollte.

»Ich bin gestern in eine alte Unart zurückgefallen. Ich hatte gedacht, ich hätte sie mir abgewöhnt: Als Gertrud, meine verstorbene Frau, noch lebte, überfiel mich von Zeit zu Zeit das Bedürfnis, ein Problem, das mich umtrieb, in einem langen Monolog vor ihr aufzurollen und zu analysieren. Ob meiner Frau diese Art der Unterhaltung immer gefiel? Sie kannte mich gut genug und spielte bereitwillig die schweigende Zuhörerin. Irgendwann, lange vor ihrem Tode, erkannte ich, daß ich mit meinen Problemen alleine fertig werden musste. Und nun gestern ... Sie sind eine aufmerksame Zuhörerin, Frau Liebenow. Danke!«

Es vergingen ein paar Minuten. Dann sagte sie, ohne ihn anzusehen:

»Sie müssen sie sehr vermissen.«

Er ließ sich Zeit mit seiner Antwort:

»Im ersten Jahr war es schwer. Es war wie ein Krampf. Im zweiten Jahr löste er sich langsam, zerfiel in Bilder, Stimmen, Erinnerungen. Und mit ihnen kehrte auch das Lachen zurück. Und so öffnete sich der Geist wieder dem Leben.«

Sie drehte sich zu ihm und sah ihn an. Erst als sie ihn leise lachen sah, sagte sie: »Schön gesagt!«

Er nickte kurz. »Danke!«

Und unvermittelt und so, als wolle er nur das Thema wechseln, fragte er, wie ihre Mutter und sie ausgerechnet in der Nähe von Regensburg gelandet seien. Sie seien doch sicherlich 45 aus ihrem Dorf in Pommern oder aus Köslin nach Westen, nach Niedersachsen oder Schleswig-Holstein getreckt.

Sie habe daran keine Erinnerung. Sie hätten Köslin schon Anfang 44 verlassen. Mit der Eisenbahn. Da sei sie gerade erst zweieinhalb Jahre alt gewesen. Ihr Vater habe das organisiert, als er zur U-Boot-Waffe versetzt worden war, hätte die Mutter ihr erzählt. Ihre ältere Schwester hatte einen Landwirt in der Nähe von Regensburg geheiratet. Dort seien sie besser aufgehoben. In Pommern lasse er sie nicht gern allein. In diesen Zeiten. Man wisse ja nie.

Vor ihnen hatte sich der Verkehr gestaut. Für ein paar Minuten blieb der Wagen stehen, eingekeilt zwischen zwei Lastwagen. Es sei nicht mehr weit, hatte er gesagt. Bei der nächsten Abfahrt müßten sie raus. Von dort seien es nur noch ein paar Kilometer Landstraße. Sie sahen einander an.

Und ihre Tante, Britas Schwester ...?

Verdutzt hatte sie ihre Augen weit geöffnet. Sie hätte ihn wohl gern gefragt. Statt dessen aber erzählte sie weiter, ganz unbefangen. Sie hatte sich schon an seine etwas unkonventionelle Art, Gespräche zu führen, gewöhnt.

Ihre Tante Lieselotte sei fünf Jahre älter als ihre Mutter gewesen. Sie hätte ihren Mann 1941 in einem Lazarett in Kolberg kennengelernt. Er hätte dort mit einem Bauchschuß gelegen, und sie hätte ihn als Rot-Kreuz-Schwester gepflegt. Nach seiner Genesung sei er nach Hause auf seinen Hof in der Oberpfalz entlassen worden. Dort hätten sie geheiratet.

»Und dort sind Sie aufgewachsen.«

»Es ist meine Heimat geworden. Tante Lieselotte und ihr Mann waren meine zweiten Eltern. Sie waren selbst kinderlos.«

»Leben sie noch?«

»Leider nein. Lieselottes Mann, mein Onkel Gustav, ist früh gestorben, wohl an den Folgen seiner Verwundung. Ich war erst zwölf Jahre alt.«

»1953 also?«

Sie nickte. »Tante Lieselotte überlebte meine Mutter um 10 Jahre ...«

»Starb also, wenn ich richtig rechne, 1971. Da waren Sie gerade 30 Jahre alt.«

Sie sah ihn an, wußte nicht, was sie erwidern sollte.

»Sie wissen ...«, stotterte sie, »wohl alles ...«

»Fast alles«, lachte er. »Das stand übrigens nicht in Ihrer Personalakte.«

Der Stau hatte sich aufgelöst. Sie hatte kaum bemerkt, daß der Wagen wieder fuhr und nun langsam beschleunigte. Sie blickten beide angespannt auf die im Vormittagslicht flimmernde Fahrbahn.

»Noch 1000 Meter bis zu unserer Abfahrt!« las sie.

Er nickte kurz.

Dann sagte er, ohne den Blick von der Fahrbahn zu wenden:

»Ihre Mutter hab ich gut gekannt.«

11.

Er konzentrierte sich auf die kurvenreiche Landstraße. »Wir sind gleich da«, sagte er. Es war ihr keine Zeit geblieben zu antworten. Er fühlte ihre Unruhe, lächelte, sah sie aber noch immer nicht an.

»Später!« sagte er nur. Und dann: »Dort ist das Gasthaus.« Es lag halb versteckt zwischen alten Fichten. Ein ehemaliges Forsthaus. »Schade ist schon da. Ich sehe sein Auto hinter dem Gewächshaus.«

Sie solle einfach nur dabeisitzen, hatte er sie instruiert, solle sich keine Notizen machen, aber möglichst alles merken, auch das, was nicht gesagt würde. Sie wisse schon, was er meine. Er werde sie auf der Rückfahrt bitten, ihm ihre Eindrücke zu schildern.

*

Als sie sich erhoben, hatte sie auf ihre Uhr geschaut: zwei Stunden und acht Minuten. Die Zeit war wie im Flug vergangen. Noch nie war sie bei einem Gespräch zwischen dem Aufsichtsratsvorsitzenden einer großen Aktiengesellschaft und dem Gesamtbetriebsratsvorsitzenden dabeigewesen. Ohne Aufgabe. Weder als Protokollführerin noch als Aufbereiterin von Gesprächsunterlagen. Sie solle nichts notieren, hatte er gesagt, nur gut zuhören. Kein Stück Papier lag auf dem Tisch. Zu Beginn war Kaffee angeboten worden und Wasser. Das besorgte der Wirt persönlich. Er fragte noch einmal nach weiteren Wünschen. Dann ließ er sie zu dritt allein. Auf dem Tisch standen zwei große Teller, auf einem türmten sich Schinkenbrote, auf dem anderen Streuselkuchen. Daneben lagen Papierservietten.

Von Zeit zu Zeit war es ihr schwergefallen, sich nicht von der gemütlichen Atmosphäre, der vertrauten Stimmung einlullen zu lassen und dem Gespräch zu folgen, obwohl ihr rasch bewußt geworden war, daß hier zwei Männer im freundschaftlichen Plauderton Punkt für Punkt ein Programm festlegten, nach dem sie in den nächsten Wochen handeln würden. Es ging um Kündigungsschutz, Haustarife, Versetzungen, Mitarbeiterbeteiligungen. Vertraute Begriffe, über die sie gelesen, sogar selbst geschrieben hatte. Sie lösten sich auf einmal vom Papier, bekamen Gesichter, Stimmen, Namen, Schicksale, Geschichten. Sie solle sich alles merken, hatte er ihr aufgetragen. Auf dem Heimweg wolle er mit ihr darüber sprechen.

»Ihre Mutter hab ich gut gekannt.«

*

Sie winkten aus geöffneten Wagenfenstern zurück. Schade stand in der Tür, neben seinem Vetter, mit leicht nach vorn gebeugtem Oberkörper, den rechten Arm halb erhoben.

Sie bogen in die Landstraße ein. Bis zur Autobahn blieb jeder in seinen Gedanken. Sie war froh, daß er ihr Zeit ließ, in gemächlichem Tempo rollten sie auf dem rechten Fahrstreifen dahin. Bis er endlich mit gelassener Plauderstimme fragte:

»Und Ihr Eindruck? Können Sie versuchen, ihn in zwei Sätzen zusammenzufassen?«

»In zwei Sätzen?«

»Ungefähr.«

Sie ließ sich Zeit mit ihrer Antwort. Schließlich erwiderte sie, langsam jedes Wort wählend: »Mir war, als wäre ich in eine Zeit zurückversetzt worden, die ich nicht mehr kennengelernt habe. Zwei durch ihr Leben eng miteinander verbundene Männer leisteten auf ihre Art einen Rütli-Schwur, in geheimer Abstimmung, den vor ihnen liegenden Widrigkeiten gemeinsam die Stirn zu bieten.« Sie blickte ihn an, lächelte.

Nach einem Augenblick des Nachdenkens sagte er:

»Sie haben es verdient, daß ich Ihnen ein Geheimnis anvertraue: Schade und ich arbeiten seit 23 Jahren eng zusammen. Aber auch dazu gibt es eine Vorgeschichte. Ich stamme aus einem Hause, in dem Hitler und seine ›Bande‹ offen und oft mit ironischer Schärfe attackiert wurden. Das wäre mir fast zum Verhängnis geworden.

Anfang 1944 war ich, siebzehnjährig, in ein Stettiner Infanterieregiment eingezogen worden. Mein Ausbildungsunteroffizier war Wolfgang Schade, zwei Jahre älter als ich.

In einer Freizeitplauderei mit anderen Rekruten muß mich der Hafer gestochen haben. Mit der Schnodderigkeit der Jugend hatte ich angefangen, in dem von zu Haus gewohnten Ton, Hitler und seine ›Bande‹ zu kritisieren. Mein Nachbar, ein Gymnasiast aus Stargard, stieß mich in die Seite. Ich wurde verpfiffen. Ich flog in die Arrestzelle, sollte vor ein Kriegsgericht gestellt werden. ›Wehrkraftzersetzung‹ lautete das Delikt. Im allgemeinen drohte solchen ›Verbrechern‹ ein kurzer Prozeß.

Ohne mein Wissen reagierte Unteroffizier Wolfgang Schade sofort. Er intervenierte bei unserem Kompaniechef, einem Oberleutnant aus alter ostpreußischer Familie.

Zwei Tage später war ich, zum Gefreiten befördert, mit einem Marschbefehl in der Tasche, zu einem brandenburgischen Regiment unterwegs. Dort war ich sicher.

Das Schicksal wollte es, daß Feldwebel Schade und Unteroffizier Krasnitz sich ein Jahr später als Nachbarn im gleichen Frontabschnitt wieder begegneten. An dem Tage, an dem die Russen ihre Großoffensive auf Berlin eingeleitet hatten, waren wir beide verwundet worden. Nicht sehr schwer, aber schwer genug, daß man uns vom Hauptverbandsplatz in ein Reservelazarett in Brandenburg verfrachtete. Dort blieben wir, bis wir uns, wenige Tage vor Kriegsende, aus dem Staub machten. Auf stillen Waldwegen erreichten wir die Elbe. Bei Nacht und Nebel schwammen wir ans andere Ufer und ergaben uns den Amerikanern. Nach genau drei Monaten ließ man uns laufen. Wir hatten kein Ziel, auch Schade stammte aus Pommern, aber jeder für sich hoffte, Verwandte ausfindig zu machen.

Und so hatte unsere gemeinsame Odyssee ihr Ende gefunden. Wir trennten uns und versuchten, in Verbindung zu bleiben. Aber die Wirrnisse der Nachkriegsjahre ließen das nicht zu.

Schade hatte Maschinenbau gelernt. Er bewarb sich 1956 bei der späteren Electronic und wurde sofort genommen. Fünf Jahre später wurde er in den Betriebsrat und als Arbeitnehmervertreter in den Aufsichtsrat gewählt. Im gleichen Jahr, in dem ich für die Holding in den Aufsichtsrat delegiert worden war. Ich wußte nichts von Schade. Er hatte natürlich längst von mir gehört. Er war aber klug und taktvoll genug, sich nicht bei mir zu melden, sondern mich bei der nächsten Aufsichtsratssitzung die künftigen Spielregeln bestimmen zu lassen.

Die Zeugenschaft unserer Kollegen zwang uns die stumme Sprache auf. Sie war uns noch immer vertraut.

Als Neuling im Gremium machte ich vor der Sitzung die Runde. Dabei konnte ich es so einrichten, daß ich Schade als letzten begrüßte. Das lenkte die Aufmerksamkeit der anderen von uns ab. So konnten wir uns die Hände schütteln, und mit einem Blick hatten wir einander in altvertrauter Art wieder gefunden. Es bedurfte keiner weiteren Verabredung, unser gegenseitiges Vertrauen stand auf bewährtem Fundament, dem ungesagten Versprechen des Schweigens.«

Er zuckte mit den Schultern, räusperte sich. Er versuchte zu lachen. Es mißglückte, endete in einem Hüsteln. Nach einigen Minuten versuchte er, in seine gelassene Heiterkeit zurückzufinden:

»Sie müssen etwas an sich haben, Frau Liebenow, das mich zur Geschwätzigkeit verführt.« Nicht sehr gelungen, diese Bemerkung, ärgerte er sich. »Ich fürchte, ich mute Ihnen verdammt viel zu!«

Er nahm ihre Handbewegung wahr, als wolle sie etwas fortwischen. Er bremste den Wagen etwas ab, bog auf einen Parkplatz ein.

»Kleine Pause«, sagte er, stieg aus, ging bis zum nahegelegenen Waldrand, machte mit Armen und Beinen zuerst, dann mit dem ganzen Oberkörper Lockerungsübungen. Nach etwa fünf Minuten, das Ganze schien einem festgelegten Ablauf zu folgen, drehte er sich zur Seite, fiel mit kurzen Schritten in einen Dauerlauf und überquerte dreimal den Parkplatz. Zum Schluss machte er noch ein paar Atemübungen, ehe er mit entspanntem, fröhlichen Gesicht zum Auto zurückkehrte.

Auch sie war ausgestiegen, war aber, an das Auto gelehnt, stehengeblieben und hatte ihm bei seinen Übungen zugesehen. Erst dabei war ihr aufgefallen, wie schlank und drahtig sein Körper war. In ihn könnte sie sich verlieben ... – wie kam sie nur auf solche Gedanken?

Er hatte ihr ein Geheimnis anvertraut. Warum? Ein wirkliches Geheimnis, das man niemandem weitersagen durfte, der Mutter nicht, der Freundin nicht, niemandem, nicht mal vor Gericht. So hatte ihre Mutter es ihr beigebracht. Sie hatte es fast vergessen. Gab es sie denn überhaupt noch, diese Geheimnisse, an denen man trägt – die einen aber auch stolz machen?

Dieser Mann kannte sie doch gar nicht. Er habe ihre Mutter gekannt, hatte er erzählt. Was besagte das? Doch nichts darüber, ob sie fähig wäre, ein Geheimnis zu bewahren. Ein Geheimnis von vielen, die durch Gänge schwirren, durch Büros, Sitzungssäle, Bars, Küchen, Betten und deren Reichtum in ihrem Tauschwert liegt: Gibst du mir dein Geheimnis, erzähle ich dir meins!

Dieser Krasnitz, könnte man meinen, kennt nur die ihm allein anvertrauten Geheimnisse. Warum weihte er gerade sie ein? Weil sie auch aus Pommern stammt? Unsinn! Oder weil er damit ihr Vertrauen gewinnen will? Oder mehr? Er wird wissen, warum.

Sie stiegen beide gleichzeitig wieder ins Auto. Er ließ den Motor nicht gleich an, sondern wandte sich ihr zu, ohne ein Wort, sah ihr offen ins Gesicht, fast so, als wollte er sich ein Urteil bilden, von ihren weit geöffneten Augen, ihren rasch wechselnden Stirnfalten.

Schaute er sie nicht an, als wolle er sie küssen ...?

Schluß! kommandierte sie ihre Gedanken. Was wäre schon dabei? Sie würde es geschehen lassen und beide würden es bald vergessen haben.

»Verraten Sie mir Ihre Gedanken, Frau Liebenow?«

»Welche? Die, die mir gerade bunt durcheinander durch den Kopf gehen? Oder die, die ich mir zurechtgelegt hatte, bevor wir diese Rast eingelegt hatten? Mit letzteren würden Sie mehr anzufangen wissen!«

»Dann nehmen wir die!« lachte er.

»Wenn ...«, sie stockte, suchte nach einem anderen Anfang: »Angenommen, die Beteiligung wird verkauft ...«

»Davon müssen wir leider ausgehen.«

»Was wird aus ihm, aus Herrn Schade, meine ich. Wird er gewissermaßen mitverkauft?«

»Wolfgang Schade kann niemand verkaufen! Er ist einer der freiesten Menschen, die ich kenne.«

»Könnten Sie ihn nicht in die Holding holen?«

»Ich habe es ihm angeboten, zuletzt heute morgen. Ich hätte ihn gerne im Vorstand der BIH gehabt, als Arbeitsdirektor. Ein ganz schöner Karrieresprung! Wissen Sie, was er mir geantwortet hat?

Er könne in dieser Lage seine Mannschaft nicht im Stich lassen!

Immer noch der gleiche, alte Wolfgang Schade! Ich wünschte, es gäbe mehr davon!«

Eine Zeitlang fuhren sie schweigend dahin.

»Wo darf ich Sie absetzen?«

»Mein Wagen steht auf dem Firmenparkplatz.«

Wenig später hielt er neben ihrem Auto. »Noch einen Augenblick, bitte!« Er blickte auf seine Hände, sie lagen flach auf seinen Schenkeln. Seine Stimme hatte sich verändert, klang leise, wie von weither:

»Sie war meine erste Liebe.«

Es vergingen einige Minuten. Er hörte ihren Atem. Auch sie sprach mit leiser, belegter Stimme:

»Dann waren Sie ...«

Er schüttelte den Kopf. »Ich war damals 13 Jahre alt.«

»Meine Mutter hatte einmal zu mir gesagt, wenn der Krieg nicht gekommen wäre, hätte sie vielleicht auf's Schloß geheiratet. Kein Wort mehr. Weitere Fragen hat sie mir nicht beantwortet.«

»Sie hatte recht: Wenige Tage vor Ausbruch des Krieges, Ende August 1939, hatte sie sich heimlich mit meinem Bruder Friedrich verlobt. Beide waren erst 19 Jahre alt. Aber es war ihnen sehr ernst.«

»Und?«

»Sie haben einander nicht wiedergesehen. Mein Bruder fiel sechs Wochen später. Ich hatte es ihr damals sagen müssen. Denn niemand sonst hatte von der Verlobung gewußt. Es blieb ein Geheimnis. Bis heute.«

»Und Ihre erste Liebe?«

Er blickte auf, sah sie an:

»Blieb ein Jugendtraum, wie man ihn sein Leben lang nicht vergißt.«

Er öffnete abrupt die Wagentür, stieg aus, ging um den Wagen herum, gab ihr die Hand.

»Fast hätte ich's vergessen, Frau Liebenow: Fertigen Sie doch bitte ein knappes Stichwortprotokoll an, ohne Namen, ohne Datum, nur zwei Exemplare, eines für mich und eines für Schade. Mein Exemplar kommt in meinen persönlichen Tresorschrank. Das zweite schicken Sie bitte ohne Absender vertraulich an Schades Privatadresse.

Haben Sie vielen Dank für alles.«

Jetzt erst merkte er, daß er noch immer ihre Hand hielt. Sie mußten beide lachen.

12.

Frau Hase erhob sich, als Krasnitz die Tür zu seinem Vorzimmer öffnete. Das war für ihn das Zeichen: Es gibt was Besonderes. Sie kannten einander gut. Seit fast 20 Jahren war sie seine Sekretärin. Sie brauchten nicht viele Worte.

Erst als er die Tür hinter sich geschlossen hatte, sie also allein im Vorzimmer waren, grinste sie ihn an:

»Schlechte Nachricht?«

Krasnitz war verblüfft:

»Wie man's nimmt.«

»Es könnte Ärger geben.«

»Sie wissen also Bescheid?«

»Sie hatten Ihr Büro kaum verlassen, da rief mich Frau Schneider an.«

»Orgas' Sekretärin?«

»... und das Wichtigste, hatte sie gesagt: Sie gehe mit! Zum doppelten Gehalt! ...«

»Und alles am Telefon?«

»Alles. Haarklein.«

Sie schüttelten beide den Kopf. Dann mußten sie lachen.

Am Morgen hatte Orgas ihn um ein vertrauliches Gespräch gebeten. Es sei dringend. Am besten außerhalb des Hauses. Vielleicht könnten sie zusammen zu Mittag essen.

»Wollen Sie mich einladen?«

Orgas hatte laut gelacht.

Sie trafen sich im »Europäischen Hof«, um 13 Uhr.

Orgas kam gleich zur Sache: Ihm sei der stellvertretende Vorsitz vom Snake-Fonds angeboten worden, mit der Aussicht, in etwa zwei Jahren, nach der Pensionierung des jetzigen Vorsitzenden, dessen Posten zu übernehmen.

»Und?«

»Die Chance meines Lebens! Der Fonds ist verbunden mit einer Kette renommierter amerikanischer Sparkassen, vor allem in Texas und Kalifornien.

Sie wissen sicher, was das bedeutet: Seit Ronald Reagan im Oktober 1982 per Gesetz das amerikanische Sparkassenwesen von allen Fesseln und Auflagen befreit hatte, stehen uns finanzielle Mittel in beinahe unbegrenzter Höhe zur Verfügung.«

»Ich erinnere mich, damals von dem Gesetz gelesen zu haben. Ich erinnere mich auch, den Mut von Reagan und seinen Beratern, vor allem von seinem Vizepräsidenten George Bush bewundert zu haben, und deren Vertrauen in die Anständigkeit und den Charakter von tausenden von Sparkassenleitern. Denn für mich schien das Gesetz geradezu eine Einladung zum Mißbrauch zu sein.

Ich erinnere mich, daß ich erleichtert darüber war,

daß dieses Gesetz meine Arbeit nicht betreffen würde. Und nun ...«

»... holt es Sie ein!« lachte Orgas. »Aber entgegen Ihren Befürchtungen, Herr von Krasnitz, hat das Reagan'sche Gesetz, wie erwartet, das amerikanische Sparkassenwesen zum Blühen gebracht. Mißbrauch? Es ist gerade der Charme des Gesetzes, den Betroffenen eine Vielzahl von Geschäftsmöglichkeiten zu eröffnen, die ihnen bisher verschlossen waren. Und davon profitieren wir jetzt. Das, Herr von Krasnitz, nenne ich Freiheit.«

»Vorsicht, Orgas! Freiheit heißt nicht Zügellosigkeit!«

»Wie Sie wollen! Aber zurück zu unserem Thema.

Zunächst und ganz nebenbei: Mein anfängliches Garantie-Einkommen entspricht etwa dem Dreifachen dessen, was ich heute verdiene!«

»Ganz nebenbei! Und weiter? Sie haben natürlich zugesagt?«

»Natürlich!«

»Und wann soll's losgehen?«

»Man hat mich sehr bedrängt.«

»Wann?«

»Am 1. des kommenden Monats. Ich weiß ...«

»Das ist in 22 Tagen. Zeit genug für die Bestellung eines Nachfolgers und dessen Einarbeitung? Ich habe immer geglaubt, Sie hielten sich für unentbehrlich.«

»Das hab ich nie gesagt!«

»Stimmt!«

»Vielleicht ließe sich die Frist noch um vier Wochen verlängern …«

»Nicht nötig – soweit es mich betrifft.«

»Sie sind also einverstanden?«

»Damit würde ich meine Kompetenzen überschreiten.«

»Ich weiß, ich weiß, dafür ist in letzter Instanz der Aufsichtsrat zuständig.«

»Nicht ›in letzter Instanz‹. Der Aufsichtsrat ist zuständig. Punktum!«

»Aber, lieber Herr von Krasnitz, wir haben zehn Jahre gut und erfolgreich, wie ich meine, zusammengearbeitet …«

»Wir sollten uns die Blumen sparen, Herr Orgas. Es ist, wie es ist.«

»Der Aufsichtsrat wird Sie fragen. Was wird Ihr Votum sein?«

»Man soll reisende Kaufleute nicht aufhalten.«

»Ist das alles?«

»Genügt Ihnen das nicht?«

Das Hauptgericht wurde serviert: Gebratene Schwarzwald-Forelle. Sie aßen schweigend. Nachdem die Teller abgeräumt waren und sie jeder noch einen Kaffee bestellt hatten, nahm Orgas das Gespräch wieder auf:

Es gäbe natürlich noch einiges, im Zusammenhang mit seinem Ausscheiden, zu besprechen. Zum einen dürfe er wohl davon ausgehen, daß in den Veröffentlichungen das »gegenseitige Einvernehmen« deutlich herausgestellt würde. Ebenso könne er wohl eine ehrende Würdigung seines erfolgreichen, zehnjährigen Wirkens im Vorstand der BIH erwarten.

»Meinen Sie? Ich persönlich bin kein Freund von Phrasen. Chacun à son goût! Aber vielleicht fertigen Sie selbst mal einen Entwurf an und geben ihn mir.«

»Gerne!« rief Orgas aus. »Es bliebe dann nur noch ein wichtiger Punkt:

Meine Abfindung!»

»Ihre Abfindung? Habe ich richtig gehört?«

»Eine Selbstverständlichkeit, meine ich, nach zehn Jahren ...«

»Während derer Sie, nach unseren Maßstäben, sehr anständig bezahlt wurden. Und wenn ich richtig verstanden habe, haben Sie und nicht unsere Gesellschaft Ihren Vorstandsvertrag gebrochen. Nach guten alten Regeln der Jurisprudenz, wie ich sie gelernt habe, wäre der Vertragsbrüchige dem anderen Vertragspartner zum Ersatz des ihm entstehenden Schadens verpflichtet.«

Orgas lachte laut auf:

»In welcher Welt leben Sie, Herr von Krasnitz?«

»Noch immer in einem Rechtsstaat! Und dieser wurde zwar hier und da gebrochen, aber soweit ich weiß noch nicht aufgekündigt.«

»Rechtsstaat! Rechtsstaat! Heute zählt nicht mehr das verstaubte Gesetz, sondern das moderne Gerechtigkeitsempfinden!«

»Ich weiß nicht, was das ist.«

»Nicht? Da sehen Sie, warum man hinter Ihrem

Rücken flüstert, Sie seien hinter Ihrer Zeit zurückgeblieben!«

»Wer flüstert? Sie?«

»Können wir nicht zur Sache kommen, Herr von Krasnitz?«

»Was verstehen Sie darunter, Herr Orgas?«

»Es wird auch Ihnen nicht verborgen geblieben sein, Krasnitz, daß großzügige finanzielle Abfindungen bewährter Vorstandsmitglieder bei deren Ausscheiden aus dem Vorstand – ich möchte sagen – schon zum guten Ton, einer Art Anstandsregel geworden sind. Vergleichbar mit einem Orden, dessen Verleihung – um einem Einwand von dem Juristen von Krasnitz zuvorzukommen – auch in keinem Vertrag vorgesehen ist.«

»Ich habe von dieser Unsitte gehört. Das macht sie nicht besser. ›Modernes Gerechtigkeitsempfinden‹ nennt man das?«

»Jawohl!«

»Wenn das so wäre, Orgas, warum hört die Gerechtigkeit unterhalb des Vorstandes auf?«

»So fragen Sozialisten, Herr von Krasnitz!«

»So fragt ein Konservativer, der sich Sorgen um die Zukunft macht. Unsere Wirtschafts- und Gesellschaftsordnung kann nur Bestand haben, wenn jeder sich an die Regeln hält, Herr Orgas. In den letzten Jahren scheinen die Regeln lästig zu werden. Und aus dem Regelverstoß wird der Verstoß zur Regel.

Sehen Sie nicht, Orgas, wohin das führt? Bald brechen die ersten Dämme. Und in 10, 20 Jahren werden wir oder unsere Kinder erleben, wie das ganze Gebäude zusammenbricht. Und dann wird man fragen: Wie konnte das passieren? Und Sie, Orgas, was werden Sie antworten?

Wir werden uns in dieser Frage nicht verständigen. Deshalb wenden Sie sich mit Ihrem Anliegen lieber an den Aufsichtsrat!

Nur eins noch: Wie lange wäre Ihr Vertrag noch gelaufen?«

»Drei Jahre.«

»Es führt sicher zu nichts, aber der guten Ordnung halber – oder soll ich sagen, um der Gerechtigkeit willen? – werde ich einmal errechnen lassen, wie hoch der Schaden ist, der der Gesellschaft durch Ihren Vertragsbruch entstehen wird. Das Ergebnis werde ich Ihnen zukommen lassen. Vielen Dank für die Einladung!«

*

»Sie meinten, es könnte Ärger geben, Frau Hase? Für Orgas? Ich vermute, er wird ungeschoren davonkommen.«

»Ich meinte eigentlich, für Sie, Herr von Krasnitz.«

»Das müssen Sie mir erklären.«

»Ausgerechnet Orgas! An dem soll Professor Nader einen Narren gefressen haben. Immerhin unser Aufsichtratsvorsitzender!«

»Na und? Ist das nicht nur Gerede?«

»Ein bißchen mehr wird es wohl sein. Die Bevorzugungen, Einladungen, Vergünstigungen – übrigens auf Gegenseitigkeit – sind im Haus häufiger Gesprächsstoff. Orgas selbst macht kaum einen Hehl daraus.«

»Und wenn schon!«

»Ich wußte, daß Sie das sagen würden. Ich dachte aber, Sie sollten das wissen.«

»Danke, Frau Hase.« Er gab ihr die Hand, lächelte: »Gut, daß wenigstens einer auf mich aufpaßt.«

»Ich fürchte, das stimmt.«

Er lachte, wandte sich der Tür zu seinem Büro zu.

»Ach, da war noch etwas.«

»Eine gute Nachricht, zur Abwechslung?«

»Vielleicht!« Grinste sie? Sie lächelte oft, lachte auch. Aber grinsen?

»Schießen Sie los!«

»Frau Liebenow hat sich gemeldet ...« Er hätte sich gern im Spiegel gesehen, wurde er etwa rot? Wie dem auch sei, Frau Hase würde er nichts vormachen können.

»... sie habe die Entwürfe fertiggestellt, die Sie von ihr erbeten hätten.«

»Ach richtig! Es geht um die internen und externen Bekanntmachungen. Frau Liebenow möchte bitte um vier Uhr zu mir kommen.«

13.

Vier Uhr? Warum nicht fünf oder sechs Uhr? Bis dahin würde er mit seiner Arbeit fertig sein, den Vorbereitungen für die Aufsichtsratssitzung der BIH am Donnerstag. In zwei Tagen! Dann war heute Dienstag. Dienstag um vier Uhr! Er schüttelte den Kopf. Dies war kein Hochsitz in alten Eichen!

Er würde seine Arbeit unterbrechen müssen. Sollte er Frau Hase bitten, den Termin mit Frau Liebenow um zwei Stunden zu verschieben? Frau Hase wußte, daß er bei Vorbereitungen auf Aufsichtsratssitzungen nicht gestört werden wollte. Warum hatte sie ihn nicht daran erinnert?

Bei der Aufsichtsratssitzung würden kritische Themen besprochen werden:

Das Thema Electronic AG war noch nicht abgehakt; die Diskussionen um die geplanten Umstrukturierungen, die geänderte Portfolio-Politik der BIH, hatten gerade erst begonnen. Er wußte, die Meinungen im Aufsichtsrat waren gespalten, nicht nur in den gelegentlichen, vertrauten Frontstellungen zwischen Anteilseigner- und Arbeitnehmervertretern, auch innerhalb dieser Gruppen gab es unterschiedliche Auffassungen und Interessen. Kein Wunder bei der Holdingstruktur der BIH. Waren unter ihrem Dach doch maßgebliche Beteiligungen an fünf produzierenden und zwei Dienstleistungsgesellschaften aus verschiedenen Branchen zusammengeführt. Bisher war es noch immer gelungen, dieses heterogene Gespann an der Spitze erfolgreich zu führen, ohne die notwendige unternehmerische Freiheit der einzelnen Gesellschafen zu sehr einzuschränken.

Darauf war er stolz. Heimlich natürlich nur. Seine Erziehung verbot ihm, dies zu zeigen. Manchmal sagte er nur:

»Mein Beruf? Dompteur!«

Doch diesmal könnte es anders werden. Man brachte seine Führung ins Wanken. Das lag nicht nur an den anstehenden Sachfragen.

15 Jahre lang hatte Krasnitz sich einer reibungslosen Zusammenarbeit mit seinem Aufsichtsratsvorsitzenden erfreuen können. Sie verstanden sich auf Zuruf, respektierten einander und hielten die Spielregeln ein. Wegen seines fortgeschrittenen Alters hatte dieser vertraute Weggefährte vor einem Jahr sein Amt niederlegen müssen.

Den Nachfolger hatten die Chefs der drei Großaktionäre, der Allgemeinen Handelsbank, der Mittelständischen Finanzkredit Bank und der Rheinischen Metallwerke AG, jeder mit 15 Prozent an der BIH beteiligt, souverän, im stillen Kämmerlein bestimmt. Krasnitz war nicht konsultiert worden. Was hätte er auch dagegen sagen sollen? Formal war die im Stillen abgesprochene Wahl von Professor Nader durch die Hauptversammlung in Ordnung. Krasnitz hatte sich abgewöhnt, Zeiten nachzutrauern, in denen die Hauptaktionäre den Vorstandsvorsitzenden in die Vorberatungen einer für das Unternehmen wichtigen Entscheidung einbezogen hätten.

Er würde damit fertigwerden, wenn es ihm gelänge, die Rollen im Spiel klar zu definieren und deren Einhaltung durchzusetzen. Ein steiniger Weg? Für die Führung des Unternehmens konnte es nun mal nur einen Zügel geben. Ratgeber können nicht Führer sein.

Die Aufsichtsratssitzung würde der erste Testfall sein. Der zweite Test lag seit heute auf dem Tisch: Orgas!

Und um vier Uhr Frau Liebenow?

Es würde nicht lange dauern. Und wichtig war es auch!

Er blickte zum dritten Mal auf seine Schreibtischuhr: Zehn vor vier. Es schien eine Ewigkeit her, seit er sie das letzte Mal gesehen hatte. Er rechnete: Freitag? Nur vier Tage? Sie waren sich zufällig im Treppenhaus begegnet. Er war vom Erdgeschoß in den ersten Stock gestiegen, in Gedanken versunken, auf die Stufen blickend.

Da tauchten zwei schwarze Damenschuhe und ein kurzer dunkelgrauer Rock in seinem Blickfeld auf. Er wollte ausweichen, blickte auf:

»Frau Liebenow!« Ich habe Sie nicht gleich erkannt – wollte er sagen, hatte die Worte aber gerade noch zurückhalten können. Sie war drei Stufen über ihm stehengeblieben. Er sah zu ihr auf, eine Perspektive nicht ohne Reiz. Sie wartete wohl darauf, daß er etwas sagen würde. Er fand jedoch keine passenden Worte. Und die Worte, die ihm durch den Kopf gingen, wären nicht angemessen gewesen.

War ihm das je passiert?

Sollte er sich plötzlich verliebt haben? Hier und jetzt, als sie ihn mit fröhlichen Augen anlachte? Er fühlte sich ertappt. Bis er ihre klare, sachliche Stimme hörte:

»Ich arbeite noch an den Bekanntmachungen, Herr von Krasnitz. Anfang kommender Woche werde ich fertig sein.«

»Sehr gut, Frau Liebenow. Melden Sie sich bitte gleich, wenn Sie soweit sind!«

Die Szene wollte ihm während des ganzen Wochenendes nicht aus dem Kopf gehen. Sein Verhalten sah ihm nicht ähnlich. Der naheliegende Grund war: Er hatte sich verliebt. Naheliegend und unwahrscheinlich zugleich. Wann war ihm das das letzte Mal passiert? Seit dem Tode von Gertrud vor drei Jahren lebte er allein. Nicht unglücklich. Er hatte sich an den Zustand gewöhnt, gut versorgt von Wirtschafterin, Köchin, Fahrer.

Verliebt? In der Nacht von Samstag auf Sonntag hatte er lange wach gelegen und geglaubt, die Ursache für diesen Zustand der Verwirrung gefunden zu haben. Er war so einleuchtend, daß er sich bald beruhigte und sich einredend, dieser Zustand würde rasch vergehen, bald seinen Schlaf wieder fand. Die Lösung stimmte ihn fröhlich, schien sie ihn doch von einer Verliebtheit und den daraus vielleicht folgenden Unbequemlichkeiten fernzuhalten. Außerdem würde er nicht auf ein möglichst häufiges Zusammensein mit Franziska – so nannte er sie heimlich – verzichten müssen.

So einfach war es.

Nicht Verliebtheit verursachte die Verwirrung seiner Gefühle. Franziskas Erscheinen in seinem Leben hatte ein anderes, starkes, in den letzten Jahrzehnten aber lange untergegangenes Gefühl wieder zum Leben erweckt: Heimweh. Das war's!

Doch schon am Sonntag geriet seine Analyse ins Wanken. Er machte einen ungewöhnlich langen Spaziergang. Die Fotografien fielen ihm ein.

Nach Friedrichs Tod hatte man dessen persönliche Gegenstände nach Krasnitz zurückgeschickt. Zehn Fotografien waren darunter. Heinrich hatte das Gefühl gehabt, die Bilder stünden ihm zu, und so hatte er sie sich kurzerhand angeeignet. Zehn Fotografien. Sie befanden sich in einem bestickten Stoffetui, einer Handarbeit wohl von Brita. Er hatte nur noch eine schwache Erinnerung an die Aufnahmen, wußte aber, daß er die zerknitterten, verblaßten Bilder zu Hause sorgfältig verwahrt hatte. Aber wo?

Über eine Stunde suchte er im Haus, während er sich bemühte, sich an den Gegenstand der Fotos im einzelnen zu erinnern. Mindestens vier zeigten Brita:

Brita mit Friedrich im Park; Brita mit ihm, Arm in Arm auf der Freitreppe vor dem Gutshaus; Brita zu Pferd, Friedrich hatte ihr das Reiten beigebracht. Sie ritten oft aus zusammen; Brita allein, vor dem Forsthaus. Er glaubte sich auch an ein Foto zu erinnern, auf dem er als Zwölfjähriger zu der neben ihm stehenden Brita aufschaute, während sie mit großen, strahlenden Augen in die Linse blickte. Wann immer er später dieses Foto betrachtet hatte, war er sicher, dies sei an dem Tag aufgenommen worden, an dem er, er allein, von beiden in ihr Geheimnis eingeweiht worden war.

Erst als er die Bilder in ihrem ausgefransten Etui wiedergefunden hatte, war ihm klar geworden, warum er sie, mit einem Anflug von Verzweiflung, gesucht hatte. Er reinigte die Fotos vorsichtig mit einem Samttuch, das er in der Besenkammer gefunden hatte, entstaubte das Etui, schnitt sorgfältig einige alte Fransen ab und steckte es in die linke Brusttasche des Jacketts, das er am Montag anzuziehen beabsichtigte.

Es würde, nahm er sich vor, so lange von Jakkett zu Jackett wandern, bis sich eine unverdächtige Gelegenheit gefunden hätte, Franziska die Bilder zu zeigen.

Später sagte er, dieser Beschluß sei die Falle gewesen, aus der er nicht mehr herausfand. Es hatte mit der Ausmalung harmloser »Nebenbei«-Szenen begonnen: Fotos am Ende einer Besprechung, die er ihr über den Schreibtisch reicht; Fotos im Büroumschlag zugeschickt, mit der Bemerkung: »Einige Bilder von Ihrer Mutter, mit der Bitte um Rückgabe!« Die Szenen aber liefen ihm mehr und mehr aus dem Ruder, suchten unaufhaltsam Nähe, Berührung, Körperlichkeit – auf einem Sofa in seinem Zimmer, zum Beispiel, wo er das Geheimnis des Bruders, die Liebe der Brita Schicht um Schicht enthüllt, bis sein Verhalten ihn zur Erkenntnis zwingt: Liebe.

Sie würde ihre eigenen Szenen zaubern, für das alte Spiel. Es stand schon auf der Bühne hinter dem Vorhang. Früher oder später, nicht heute, nicht morgen, würden beide ihr Stichwort sprechen, das sie noch nicht kannten.

Frau Hases Stimme im Sprechapparat:

»Frau Liebenow.«

»Möchte bitte hereinkommen!«

Er stand auf, sah zu der sich langsam öffnenden Tür. Es war Dienstag, vier Uhr.

14.

»Professor Nader möchte Sie morgen früh vor der Aufsichtsratssitzung sprechen, Herr von Krasnitz. Er bittet Sie um neun Uhr in sein Büro.«

»Eine bessere Nachricht haben Sie nicht?« Krasnitz war an diesem Morgen ungewohnt vergnügt. Oder war es Zynismus? Frau Hase stimmte in seinen Ton ein:

»Vielleicht will er Sie mit einer Sondertantieme belohnen.«

»Vielleicht. Aber wofür?«

»Wofür? Dafür, daß Sie uns von Orgas befreit haben.«

»Gern geschehen! Noch was?«

»Frau Liebenow hat angerufen. Sie haben sie gerade verpaßt. Sie hätten eine Auskunft von ihr erbeten. Soll ich verbinden?«

»Danke! Das hat Zeit! Erst muß ich mich mit der Sondertantieme beschäftigen.«

In seinem Büro wählte er ihre Nummer. Er meldete sich nicht mit Namen. Sie verstand, vermied ebenfalls die Anrede, sagte nur, wenn es ihm Ernst sei mit seiner Einladung zur Wanderung, würde sie gerne zusagen.

Er hatte sie erschreckt, kein Zweifel, als er so mit der Tür ins Haus gefallen war, sie am Ende ihrer Besprechung, ohne Vorbereitung, gefragt hatte, ob sie Lust hätte zu einer Wanderung im Elsaß mit ihm am Samstag. Er hatte geglaubt zu sehen, wie, für einen Moment nur, das unbefangene Lächeln in ihren Augen erstarrte. Und obwohl in Sekundenschnelle alles wie vorher zu sein schien, war er überzeugt, mit dem ersten Zug verspielt zu haben.

Sie wisse nicht genau, hatte sie gesagt, es könnte sein, daß sie bereits etwas vorhätte. Ob sie ihm morgen Bescheid sagen dürfe. Bitte gern. Er wolle sie nicht bedrängen. Es sei nur so eine spontane Idee gewesen …

Er freue sich sehr! Er werde sie gern abholen. Ob ihr zehn Uhr recht sei. Er hätte auch eine Überraschung für sie!

Sie legten gleichzeitig auf. Grußlos.

Donnerstag, zählte er, Freitag, Samstag …

Was mochte Nader von ihm wollen?

Orgas?

War etwas dran an den Gerüchten?

15.

Punkt neun ließ er sich bei Nader melden. Der kam sogleich aus seiner Tür herausgeschossen, streckte ihm beide Hände entgegen:

»Mein lieber Herr von Krasnitz!« Das hatte Nader noch nie gesagt. »Ich danke Ihnen, daß Sie gekommen sind.«

Er schob Krasnitz vor sich her in sein Büro.

»Kaffee?«

»Danke, nein.«

»Na gut!« Nader wies Krasnitz mit einer Armbewegung einen der schwarz glänzenden Ledersessel in seiner Sitzecke zu, ließ sich selbst in den gegenüberstehenden Sessel fallen und schlug die Beine übereinander. »Sie rauchen doch nicht?« Als Krasnitz nur dankend den Kopf schüttelte, stützte Nader beide Ellbogen auf die Armlehnen, legte beide Hände unter seinem Kinn zusammen:

»Ich darf wohl gleich in medias res gehen. Ich denke, wir werden uns rasch einig werden: Es geht um Orgas. Bedauerlich, daß wir ihn verlieren. Haben Sie schon einen Nachfolger im Auge?«

Schlechter Schauspieler! dachte Krasnitz.

»Ich denke an Dr. Hans Gärtner«, antwortete er. »Finanzvorstand der Electronic, ein vorzüglicher Fachmann und eine begabte unternehmerische Führungskraft. Mit seinen 38 Jahren steht er natürlich mit beiden Beinen in der Gegenwart.«

»Ist der verfügbar?«

»Davon gehe ich aus. Die neuen Herren werden sich bestimmt ihre eigenen Spieler suchen.«

»Meinen Sie? Wir sollten bald darüber reden. Die Sache duldet keinen Aufschub.«

»Ich teile Ihre Ansicht.«

»Schön! Zu unserem heutigen Thema: Orgas' Ausscheiden oder ich sollte wohl besser sagen: seine spektakuläre Karriere beim Snake-Fonds ...«

»Komischer Name!« unterbrach ihn Krasnitz spöttisch.

»Nicht so metaphorisch, wie man vielleicht denkt. Mr. Snake hieß der inzwischen verstorbene Gründer des Fonds. Der soll sich über das Mißverständnis übrigens immer wieder amüsiert haben. Was ich aber sagen wollte, Sie hatten mich unterbrochen ...«

»Entschuldigung!« Seine Rolle fing an, ihm Spaß zu machen.

»Schon gut! Was ich also sagen wollte:

Dieser Wechsel hat für unsere Gesellschaft nicht nur Nachteile ...«

»Sondern?«

»Die Vorteile liegen auf der Hand: Snake-Fonds ist weltweit eines der größten und erfolgreichsten Unternehmen seiner Art. Mit einem solchen Unternehmen freundschaftlich verbunden zu sein, bietet Möglichkeiten, wie sie uns sonst nicht offenstehen ...«

»Sollten Sie die Absicht haben, unsere Gesellschaft zu verkaufen, dann müßte ich Ihnen recht geben, Herr Nader.«

Nader lachte laut auf:

»Ihre oft gerühmte Phantasie, lieber Herr von Krasnitz! Wir könnten doch, zum Beispiel, durchaus auch mal, Schulter an Schulter mit Snake, in der Welt auf der Käuferseite stehen oder globale Fusionen schmieden.

Visionen, Krasnitz! Visionen sind heute gefragt.«

»Dem stimme ich zu, Herr Nader, sofern ihr Blick in die richtige Richtung gelenkt wird. Andernfalls steht am Ende der Vision der Abgrund«, grinste Krasnitz.

»Ich philosophiere gern mit Ihnen, Krasnitz. Kommen Sie doch mal abends auf ein Glas Mouton Rothschild zu mir. Jetzt wird uns die Zeit zu knapp.

Ich denke doch, wir verstehen einander. Worauf ich hinaus will: Freundschaften müssen im Geschäftsleben gepflegt werden. Eine Binsenweisheit. Sie ahnen, worauf ich hinaus will: Wir wären gut beraten, wenn wir Orgas großzügig verabschieden würden. Das versteht jeder, selbst das Finanzamt!« lachte er.

»Orgas' Wünsche sind also bei Ihnen angekommen.«

»Orgas hat mir von seinem Gespräch mit Ihnen berichtet. Ich wundere mich, Herr von Krasnitz!«

»Das hab ich erwartet. Ich nehme an, Sie kennen die Summe, die Orgas vorschwebt?«

»Fünf Millionen. Eine Abfindung in dieser Höhe wird, in Anbetracht der Verdienste von Orgas und seiner zehnjährigen Dienstzeit, niemand beanstanden können.«

»Für beides, seine Leistungen – ich nenne das Dienstpflicht – und seine Dienstzeit wurde er angemessen bezahlt.« Krasnitz wunderte sich über seine Stimme: Schneidend! dachte er. Oder stechend. Fremd jedenfalls. »Im übrigen darf ich darauf hinweisen, daß Orgas seinen Vertrag gebrochen hat. Nach meinem Rechtsverständnis gibt es dafür keine Belohnungen. Wir würden mit dieser Abfindung einen gefährlichen Präzedenzfall schaffen.«

»Präzedenzfälle gibt es längst überall. Schauen Sie sich doch um! Abfindungen solcher Art sind fast schon zu einer Art Gewohnheitsrecht geworden!«

»Nicht bei uns! Ich wehre mich gegen den Begriff Gewohnheitsrecht. Ich nenne es Unsitte!«

»Sie sind sehr streng!«

»Ich bin Jurist!«

»Ich verstehe Sie ja, Krasnitz. Aber ich habe Ihnen, glaube ich, erklärt, worum es in Wirklichkeit geht. Ginge es nur um eine Abfindung …«

»Ich habe verstanden: Es geht um eine Anzahlung auf künftige Freundschaft. Den Begriff ›Freundschaft‹ wollen wir lieber nicht definieren!«

»Deshalb nennen wir es ja Abfindung. Damit bewegen wir uns auf sicherem Gelände. Und Orgas kann die bei Abfindungen noch immer gewährten Steuervorteile legal in Anspruch nehmen.«

»Ganz legal also fünf Millionen zum halben Steuersatz!«

»Gönnen Sie es ihm nicht? Ich hätte von Ihnen mehr Großzügigkeit erwartet, Herr von Krasnitz!«

»Großzügigkeit zu Lasten fremder Kassen? Wo, Herr Professor Nader, liegen die Grenzen unserer Vollmachten? Wenn wir unsere Aktionäre fragen würden: Wir nehmen fünf Millionen aus eurer Kasse für einen Zweck, den wir euch nicht sagen können, weil er illegal ist ... etc. Was würden unsere Treugeber wohl antworten?«

»Krasnitz! Wie wollen Sie mit Ihrer altpreußischen Einstellung in der heutigen Welt noch Geschäfte machen? Ich fange an, mir Sorgen zu machen.«

»Ich auch, Herr Nader!«

»Wir haben doch beide mal gelernt, Krasnitz: ›Tempora mutantur...‹«

»› ... et nos mutamur in illis‹! Ich weiß, Herr Professor Nader. Aber welche Lehre ziehen wir daraus? Ermächtigt uns der Zeitenwandel, die Grundlagen unserer Kultur, Zivilisation, der Moral, des Rechts ständig zu ändern, so wie es uns gerade in den Kram paßt?«

»Es ist leider zehn Minuten vor zehn! Wir müssen in den Sitzungssaal hinübergehen. Stimmen Sie also zu, Herr von Krasnitz?«

»Tut mir leid, Herr Nader: Das kann ich nicht.«

»Das wird nicht Ihr letztes Wort sein, Herr von Krasnitz.«

Sie standen beide gleichzeitig auf. Krasnitz zuckte mit den Achseln:

»Bis gleich, Herr Nader.«

16.

»Und meinen Sie, Ihr Bruder hätte meine Mutter geheiratet?« Sie hatte die Fotografien lange betrachtet, hatte sich jede erklären lassen. Er wußte zu allen eine kleine Geschichte zu erzählen.

Sie saßen auf einer Bank an einer Waldlichtung, von der man einen weiten Blick über das Rheintal bis zu den Schwarzwaldhöhen hatte. Einer seiner Lieblingsplätze. Seltsamerweise war er hier noch nie einem anderen Menschen begegnet. Hier hatte er das bestickte Stoffetui aus der Tasche gezogen und es ihr überreicht:

»Die versprochene Überraschung!« Sie nahm das Etui. Doch bevor sie die beiden Druckknöpfe öffnete, die das Geheimnis verschlossen hielten, sah sie ihm mit einem unsicheren Blick in die Augen, als fragte sie sich, wie weit sie ihm auf dieser Wanderung folgen sollte.

»Davon bin ich felsenfest überzeugt!« beantwortete er ihre Frage. »Sie hatten sich schon ineinander verliebt, als sie beide erst 15 Jahre alt waren. Mit 19 war Friedrich ein fertiger Mann. Das brachten die

Zeiten mit sich. Er wußte, was er wollte. Und Brita hatte sein Wort.«

»Aber sie hieß doch nur Roggenbuk!«

»Ach, das meinen Sie!« Er lachte laut auf. »Diese dümmlichen Vorurteile galten bei uns nicht. Der Name Roggenbuk hatte in unserem Hause einen guten Klang. Mein Vater schätzte Ihren Großvater wegen seiner Charakterfestigkeit, Zuverlässigkeit, Umsicht und Klugheit. Er hätte einer Ehe meines Bruders mit Brita nicht im Weg gestanden. Brita wäre eine Gutsfrau geworden, wie man sie sich besser kaum hätte wünschen können.«

»Warum dann das große Geheimnis?«

»Danach fragte ich nicht. Friedrich wird seine Gründe gehabt haben. Mich beunruhigte ein anderes Problem:

Was, wenn Vater oder Mutter mich ausfragen würden? Durfte ich lügen? ›Du sollst nicht lügen‹ war ein strenges Gebot. Und der Verrat? Ich würde abwägen und mich entscheiden müssen. Ich sah meinen Bruder vor mir. Könnte ich ihn verraten? Ich würde lügen müssen, wenn ich anständig bleiben wollte. Das Gewissen setzt seine eigenen Regeln. Sie halfen mir durch schwere Jahre.«

Er sah sie an. Ob sie ihn verstanden hatte?

Ohne ganz sicher zu sein, was er tat, beugte er sich zu ihr, legte seine Hände an ihr Gesicht, zog sie an sich und küßte sie. Sie ließ es geschehen, küßte ihn zurück.

Als sie sich von einander gelöst hatten, schüttelten beide verlegen ihre Köpfe. Sie faßte sich zuerst, lächelte:

»Wen haben Sie gerade geküßt? Brita oder …?«

Sie hatte eine schnelle Antwort erwartet. Er aber blickte eine Weile ins Rheintal hinunter, versuchte eine Antwort zu geben, die sie verstehen würde.

»Es gibt keine Brita oder …«, er reihte die Worte mit einer Gewichtigkeit aneinander, die Franziska überraschen mußte, hatte sie ihm ihre Frage doch mit einem Hauch von Ernst zwar, aber eher aus dem der Situation angemessenen Übermut heraus gestellt. Ihre Überraschung war ihm nicht verborgen geblieben. Er fuhr sich mit der rechten Hand über das Gesicht, lachte und sagte: »Der Kuß ist schnell erklärt, wenn er denn einer Erklärung bedarf: Ein Mann in fortgeschrittenem Alter verliebt sich, zu seiner eigenen Überraschung, Hals über Kopf und so heftig, daß mit ihm plötzlich die berühmten Pferde durchgehen, die er längst in einem Stall wohl verschlossen wähnte.«

»Wirklich?« lachte sie.

Er lachte zurück und versuchte, ihre Tonlage zu treffen. »Kommen wir zu Brita! Die Geschichte ist schwerer zu erklären:

Friedrich war der ältere Bruder. Der Altersunterschied von sechs Jahren ließ keine Rivalität aufkommen. Im Gegenteil: Von frühester Kindheit an war er die Leitfigur, mein Vorbild. Als Friedrich und Brita dem Zwölfjährigen das Geheimnis ihrer Verlobung anvertrauten und nicht einmal die Eltern davon erfahren sollten, da ging ein Zauber von ihnen aus, der mich in seinen Bann zog. Märchenprinz und Märchenprinzessin hatten mich zum Gefährten ihres ernsten Spiels gemacht, in wechselnden Rollen. Als Herold oder Bote, Baldachinträger oder Kundschafter.

Als Friedrich dem Dreizehnjährigen auftrug, sich während seiner Abwesenheit um Brita zu kümmern, war aus dem Spiel auf einmal Ernst geworden, und aus dem Zauber wuchs die erste, scheue Kinderliebe. Mit diesem Gefühl zwischen keuscher Verliebtheit und heißer Anbetung verspürte ich eine große Verantwortung, die ich glaubte, dem Bruder schuldig zu sein. Mag sein, daß ich in meiner Liebe ein Stück von Friedrichs Liebe zu Brita bewahren wollte, unbewußt. Denn meine Liebe blieb verschlossen, niemals eingestanden, ohne Zärtlichkeit und fern jeder Eifersucht.

Immerhin erinnere ich mich an den Gedanken, ich könnte Friedrich die von mir bewahrte Liebe einst mit ihrem Zauber zurückgeben. Eine konfuse Geschichte, Franziska. Verstehen Sie daraus, was Sie wollen.

Als Ihre Mutter heiratete, war ich zornig, zornig auf mich, weil ich glaubte, versagt zu haben.

Eines jedenfalls ist sicher: Für Küsse oder auch nur geträumte Küsse war in dieser Geschichte kein Raum.

Beantwortet das Ihre Frage, Franziska?«

»Ich bin froh, sie gestellt zu haben. Was hätte ich sonst versäumt: eine Liebeserklärung, wie ich sie noch nie bekommen habe, und eine Liebesgeschichte, die – wie soll ich es ausdrücken? Die mich meine eigene Lebensgeschichte mit anderen Augen sehen läßt.«

Sie sahen sich lange stumm in die Augen, bis sie das Schweigen brach:

»Weißt du, was mir so gefällt? Ich bin noch nie auf eine so altmodische Art in eine Liebe hineingestolpert.«

»Und weißt du, was mir so gefällt? Dein Eingeständnis des Stolperns.«

Und später, wieviel später, hätte er nicht zu sagen gewußt, fragte er nah an ihrem Ohr:

»Und nun?«

Sie antwortete auf die gleiche Art:

»Ich würde gern zu dir kommen ...«

»Aber?«

»Wir müssen vorsichtig sein. Vielleicht geht's nächstes Wochenende – irgendwo.«

»Vorsichtig? Ich bin Witwer ...«

»So was zählt heute nicht mehr.«

»Was ist es dann?«

Sie zögerte. Dann sprach sie mit großer fester Stimme:

»Auch ich trage an einem Geheimnis, Heinrich.« Es war das erste Mal, daß sie ihn mit seinem Vornamen ansprach.

»Verstehe! Ein anderer Mann?«

»Nichts dergleichen. Können wir es bis nächste Woche dabei belassen?«

»Selbstverständlich.«

Sie zögerte wieder, blickte ihm ins Gesicht:

»Es geht um dich, Heinrich.«

Er schluckte, schüttelte den Kopf. Dann lachte er:

»Wenn's weiter nichts ist!«

Sie hatten ihren Rückweg schweigend angetreten. Er hielt ihre Hand. Als sie fast ihren Wagen erreicht hatten, sagte er:

»Wir haben seit dem Frühstück nichts gegessen. Wir sollten noch irgendwo einkehren. Das sollte wohl erlaubt sein.«

»Gern!« lachte sie. »Ich hatte vergessen, daß ich Hunger habe.«

Sie stiegen ein. Er wollte den Motor anlassen, ließ aber die Hand wieder sinken.

»Ich weiß, daß ich nicht überall beliebt bin. Nicht jeder schätzt das Altmodische«, lächelte er. »Wie schlimm es um mich zu stehen scheint, weiß ich erst seit Donnerstag, dem Tag unserer Aufsichtsratssitzung. Eine solche Inszenierung demonstrativer Gehässigkeit, liebenswürdiger Geringschätzung ist mir bisher noch nicht vorgeführt worden. Zum Glück hatte der Regisseur das Ensemble nicht in der Hand. Der Chor sang nicht mit einer Stimme. Damit schien der Regisseur nicht gerechnet zu haben. Wir dürfen also noch gespannt sein.«

Er schwieg einen Augenblick.

»Ich dachte«, fuhr er fort, »du solltest das wissen.«

»Danke!« Sie beugte sich hinüber zu ihm und küßte ihn.

Beim Essen bat sie ihn:

»Erzählst du mir von deiner Mutter?«

»Die ganze Biografie?« lachte er.

»Erzähl einfach, was dir einfällt.«

»Dafür bräuchte ich Zeit. Viel Zeit. In fünf Minuten ist das nicht getan.«

»Umso besser. Ich hör dir gern zu.«

»Meinetwegen. Auf deine Verantwortung.«

Er dachte einen Augenblick nach. »Ich freue mich, daß du mich darum bittest. Meine Mutter, Elke, stammte von einem Rittergut ...«

»... in Pommern?« warf sie fröhlich ein.

»... in der Uckermark.

Sie war eine Frohnatur, herzlich, freundlich, offen für Jeden. Sie war gleichermaßen beliebt im Schloß wie bei den Leuten im Dorf. Sie war eine passionierte und begabte Pianistin, spielte am liebsten auf dem Flügel im Salon, wenn niemand sonst im Hause war. Schumann, Schubert und besonders gern Chopin.

Als Friedrich fünfzehn Jahre alt geworden war, ließ sie sich, anfangs zögernd, bald jedoch mit immer größerer Freude, überreden, zu kleinen Tanzabenden im so genannten Saal aufzuspielen, zu denen Friedrich seine Freunde einlud. Wiener Walzer und Polka, manchmal auch Polonaise und Quadrille – sagt dir das noch was?«

»So jung bin ich auch nicht mehr!«

»Es hallte, von Mutter mit kräftigem Anschlag gespielt, durchs Schloß, während mein Vater, Harald, sich mit Förster Roggenbuk in die Wälder verdrückte.

Friedrich war ein talentierter und begehrter Tänzer. Und an einem dieser Abende im Herbst 1935 muß sich wohl die kleine Flamme in den Herzen von Brita und Friedrich entzündet haben.

Von all dem hatte der neunjährige Heinrich nichts bemerkt. Er feierte, für sich allein, sein eigenes Fest, hüpfte ungelenk, aber vergnügt durch die Tanzenden hindurch. Bald, hatte man ihm versprochen, würde auch er Tanzstunden bekommen.

Dazu aber war es nicht mehr gekommen.

*

Mit Urgewalt war Friedrichs Tod in Krasnitz eingeschlagen. Er schien alles Leben im Schloß gelöscht zu haben. Der Flügel blieb stumm, bis er zwischen einstürzenden Wänden verbrannte.

Und meine Mutter erschien zwar zu den Mahlzeiten pünktlich, aber aß nur das Nötigste, antwortete auf ihres Mannes Fragen höflich, aber knapp. Und verschwand, in ihr Schweigen eingehüllt, bald wieder in ihren Räumen im ersten Stock.

Von Zeit zu Zeit sah man sie, eine einsame Wanderin, im Wald. Und nach und nach wuchs sie, in sich gekehrte Gestalt, in den Augen der Menschen im Dorf fast in eine Heiligenrolle hinein. Das hat sie nie erfahren. Es hätte sie erschreckt.

Als das alles begann, als die Nachricht alles Leben in ihr zu löschen schien, war sie gerade 45 Jahre alt. Auch mein Vater, Harald, lebte sein Leben nicht mehr, da es seine Frau für ihn nicht mehr gab. Er spielte seine anerzogene Rolle für Krasnitz, so gut er konnte. Und Heinrich gehörte schon fast nicht mehr dazu. In einem Internat in Stolp suchte er sein Leben.«

*

Er war plötzlich verstummt. Erst jetzt bemerkte er ihre Hände. Sie hatten sich um seine rechte Hand gekrallt, schützend und Schutz suchend zugleich.

»Ist dies das Ende?«

Er schüttelte den Kopf:

»Soll ich weitererzählen?«

Sie nickte kurz.

»Wieder waren es Donnerschläge, die das Leben meiner Mutter noch einmal von Grund auf veränderten. Ein Weckruf, der ihre Depressionen auflöste und mit dem sie plötzlich die Verantwortung für 126 Menschen trug. 126 Augenpaare, alte Augen, Mutteraugen, Kinderaugen, die an sie glaubten, an ihre Kraft, ihre Umsicht, ihre ruhige Stimme, in einem Land des Untergangs.

Sie würde es schaffen.

Roggenbuk, dachte sie, würde sie unterstützen, als einziger Mann im Ort, da Harald, mein Vater, kategorisch erklärt hatte, er werde bleiben. Er werde ihr alles geben, alle 140 Pferde, bis auf sein Reitpferd. Alles: drei Kutschwagen, 45 Ackerwagen, Vorräte, Stroh, Decken, soviel Vieh, wie gebraucht würde.

Er brauche nicht mehr viel für sich und für die drei

Menschen aus dem Dorf, die nicht transportfähig waren, den alten Bremme und das Ehepaar Gustow.

Sie hatten in dem alten Gewölbe unter dem Schloß Schutz gefunden.

Roggenbuk, hatte sie gedacht, dein Großvater, Franziska, 1893 geboren, war umsichtig, erfahren. Er hatte den Ersten Weltkrieg mit zwei Verwundungen überlebt. Roggenbuk hatte für niemanden mehr zu sorgen, seit seine Frau, deine Großmutter, zwei Jahre zuvor gestorben war.

Roggenbuk machte nicht viele Worte.

Es blieb ihnen nicht viel Zeit.

Es war ein Zufall, daß ich in Krasnitz war, als der Treck sich, mit Mutter und Roggenbuk an der Spitze, in Bewegung setzte. Man hatte mich für 24 Stunden beurlaubt, damit ich mich von meinen Eltern verabschieden konnte. Meine Kampfeinheit war am nächsten Tag von Stolp an die Oder bei Küstrin verlegt worden.

Als alle zur Abfahrt bereit waren, hatten meine Eltern sich lange schweigend umarmt, beide mit ihrer Pflicht und ihrem Schicksal im reinen.

Ich ging noch einmal durch den Park und auf den Berg. Den Hochsitz hatte der Wald verschlungen.

Der Abschied von meinem Vater war kurz. Als ich ihn fragte, warum er nicht fortgegangen sei, antwortete er: ›Nach 700 Jahren geht man nicht einfach fort!‹

Dann hatte er mich umarmt.

›Du bist der letzte Krasnitz, Heinrich! Paß auf

dich auf. Für die Verbrecherbande in Berlin stirbt man nicht den Heldentod!‹

*

An der Front erreichten mich zwei Feldpostbriefe von meiner Mutter.

Der erste enthielt die Nachricht vom Tode meines Vaters. Eine Granate hatte ihn in seinem Arbeitszimmer getroffen. Die drei alten Dorfbewohner hatten in ihrem Gewölbe unverletzt überlebt.

In dem zweiten Brief berichtete sie von der bevorstehenden Ankunft in Schleswig-Holstein. Alle hätten die Strapazen unversehrt überstanden. Nur drei Pferde hätten sie verloren.

Am nächsten Morgen begann der letzte Großangriff der Roten Armee auf Berlin …

*

Fast ein Jahr verging, ehe ich auf meine Suchanzeigen eine Nachricht erhielt. Von Roggenbuk aus einem Dorf in Niedersachsen.

Damals studierte ich in Göttingen. Das Dorf war nicht weit. Und doch brauchte ich fast 24 Stunden, bis ich Roggenbuk in seinem Forsthaus gefunden hatte.

›Ist Mutter da?‹ rief ich ihm von weitem zu. Er antwortete nicht, umarmte mich schweigend und zog mich ins Haus.

›Fast wie in Krasnitz.‹ Ich sah mich in der Diele um.

Roggenbuk zuckte mit den Schultern, schob mich in die Wohnstube. Er stellte ein Glas Wasser vor mich hin, nahm sich selbst ein Glas.

Roggenbuk sah mich lange an, trank dabei Wasser in kleinen Schlucken.

›Elke …‹ Er stockte. Er setzte noch einmal von neuem an:

›Wir hatten versucht, gemeinsam ein neues Leben zu beginnen. Ich brach deshalb schon wenige Tage nach unserer Ankunft in Schleswig-Holstein mit einem der beiden Kutschwagen nach Niedersachsen auf, um mich nach einer Stelle und einer Bleibe umzusehen.‹

Er hätte unterwegs gehört, in Niedersachsen herrsche großer Mangel an erfahrenem Forstpersonal.

›Nach einigen Wochen landete ich in diesem Forsthaus, auf einer Oberförster-Stelle. Ich meldete Elke: Grundstein gelegt!

Elke war noch bei unseren Leuten geblieben, bis jeder sein Dach über dem Kopf gefunden hätte.

Das hatte fast drei Monate gedauert. Zum Schluß verteilte sie den letzten noch vorhandenen Gutsbesitz, Pferde und Wagen vor allem, als Starthilfe, und machte sich auf den Weg zu mir.

»Ich bin sehr müde!« sagte sie. Am nächsten Morgen hatte sie hohes Fieber.

Im Nachbardorf lebte ein Internist aus Hannover. Er kam sofort und untersuchte Elke lange und gründlich. Dann sprach er sein Urteil: Lungentuberkulose. Er werde uns leider nicht helfen können, man müsse auf die körpereigenen Kräfte hoffen.

Die aber waren erschöpft ...‹«

*

Es war spät geworden, fast schon Abend.

»Und wenn ich doch mit dir nach Hause fahre, Heinrich? Es ist schwer, jetzt allein zu sein.«

»Es ist schwer, ja. Aber wenn es für dich einen Grund gibt, lieber bis zum nächsten Samstag zu warten – auch warten ist schön.«

17.

»Schuß in'n Ofen, Herr Nader! So werden wir Krasnitz nicht los!«

»In einer Sitzung ist das nicht zu schaffen, Herr Grotefuß.«

»Das weiß ich auch. Aber diese Sitzung hat uns nicht nur nicht vorangebracht, sie hat uns zurückgeworfen! Sie war kontraproduktiv! Ihre Kollegen, die beiden anderen Großaktionärsvertreter im Aufsichtsrat, haben sich bei mir beschwert: Was diese unfairen, unabgestimmten Attacken auf Krasnitz zu bedeuten hätten? So ginge man nicht mit einem hoch angesehenen, erfolgreichen und erfahrenen Vorstandsvorsitzenden um. Auch die Arbeitnehmervertreter im Aufsichtsrat hätten ihren Unmut deutlich gezeigt.

Mir blieb nichts anderes übrig, als mich zu entschuldigen und zu versichern, dem Ausrutscher – ich habe diesen Ausdruck gebraucht – des Herrn Professor Nader könnten nur persönliche Auseinandersetzungen zugrunde liegen.

Mein Gott, Nader, man kann die Leute doch nicht

so überfallen! Sie hätten sich schon die Mühe machen müssen, mit jedem einzelnen vorher zu sprechen. Mit Ihren Kollegen, den anderen Großaktionärsvertretern, mindestens bei einem guten Essen!«

Grotefuß tupfte sich mit einem Taschentuch, das er umständlich aus seiner linken Brusttasche gezogen und entfaltet hatte, seine Stirn und seine Halbglatze ab.

Nader wartete höflich, bis Grotefuß diesen Akt ebenso umständlich beendet, wie er ihn begonnen hatte.

»Tut mir leid, Herr Grotefuß«, begann er sein Plädoyer, »daß ich Ihr Mißfallen erregt habe.« Er blickte über Grotefuß hinweg in einen zimmerhohen, goldgerahmten Barockspiegel, in dem sich sein Gesicht, halb verdeckt durch Grotefuß' kahlen Hinterkopf, spiegelte.

Er habe, fuhr er fort, ihn nicht unterbrechen wollen, aber es gäbe zu den Vorwürfen einiges zu sagen.

Da wäre zunächst die Wirkung seiner Philippika auf den betroffenen Krasnitz. Der habe nämlich die Vorwürfe mit steinernem Gesicht stumm entgegengenommen. Kein Wort des Widerspruchs, kein Versuch der Verteidigung. Warum? Weil die Vorwürfe auf Zahlen und Tatsachen beruhten.

»Oder weil Krasnitz zu vornehm war, mit sich in diesem Ton reden zu lassen?« warf Grotefuß ein. »Bitte sprechen Sie weiter, Herr Nader!«

Nader ging auf den Einwurf nicht ein.

»Ich bitte weiter zu bedenken, daß am Montag der Personalausschuß des Aufsichtsrats tagt, dem außer meiner Wenigkeit mein Kollege Freye ...«

»Einer der beiden Beschwerdeführer bei mir, wie Sie wissen ...«

»... sowie der Leiter des Gesamtbetriebsrats und ein weiterer Vertreter der Arbeitnehmer angehören. Wichtigster Punkt der Tagesordnung ist die Verlängerung des Vorstandsmandats von Krasnitz um weitere fünf Jahre.

Mein Ziel ist es natürlich, im Sinne unserer Absprache, Herr Grotefuß, die Verlängerung zu verhindern. Das wird schwierig sein. Deshalb plane ich, meine Kollegen zur Annahme eines Kompromißvorschlages zu bewegen, also etwa einer Verlängerung um nur ein oder zwei Jahre. Meine Attacken in der Aufsichtsratssitzung dienten der Vorbereitung eines solchen Beschlusses. Sie sollten meine Kollegen verunsichern.«

»Und weiter?«

»Krasnitz wird keinen Kompromiß akzeptieren. Eher wird er sein Amt niederlegen. Das wäre«, grinste Nader, »die billigste Lösung. Wäre sie nicht den Ärger wert?«

Als Grotefuß schwieg, fuhr er fort:

»Schließlich sei mir eine Bemerkung zur Vorbereitung der Aufsichtsratssitzung gestattet: Es wäre mir natürlich lieber gewesen, mit meinen Kollegen Vorgespräche zu führen. Was aber hätte ich ihnen sagen sollen, da wir unsere Partner, aus guten Gründen, nicht oder noch nicht in unsere Pläne einweihen wollen?

Warum? Das ist eine Frage, die höheren Orts entschieden werden sollte.«

18.

»Gerne, Franzi! Für dich immer. Warum nicht gleich heute abend? Gibt's was Neues?«

»Ich denke, ja.«

Franziska hatte Dr. Karl Grotefuß im Büro angerufen. Sie gehörte zu den wenigen Menschen, die, wenn möglich, sofort durchgestellt wurden. »Meine Nichte Liebenow«, hatte die Anordnung von Grotefuß gelautet, »ist jederzeit mit mir zu verbinden.« Das lag Jahre zurück. Man hatte sich daran gewöhnt. Franziska rief nur selten an. Das anfängliche Getuschel, es handele sich nicht um Verwandtschaft, sondern um eine zwanzig Jahre jüngere »Nenn-Nichte«, war längst verstummt.

»Essen wir zusammen zu Abend, Franzi! Aber nicht bei mir und erst recht nicht bei dir! Treffen wir uns auf halber Strecke! Am bekannten Ort! Einverstanden?«

»Einverstanden!« Sie mußte lachen: Seit sie ihn kannte, liebte er diese verschwörerischen Formulierungen. Der »bekannte Ort« war nichts weiter als ein romantischer Landgasthof mit lauschigen Ecken, vorzüglicher Küche und eigenem Wein, in einem badischen Dorf.

Hier hatten sie ihr erstes Treffen gehabt, vor über 20 Jahren, als Brita noch lebte. Wegen Grotefuß war ihre Mutter von Regensburg nach Karlsruhe gezogen.

Furchtsam und neugierig zugleich war sie seiner Einladung gefolgt, ohne ihrer Mutter etwas davon zu sagen. Es sollte eine Überraschung für Brita werden. Ob sie ihm trauen durfte? Obwohl Karl, wie sie Grotefuß nennen sollte, seit zehn Jahren mit ihrer zweimal verwitweten Mutter ein Liebesverhältnis hatte, kannte sie ihn nicht besonders gut. Er war immer nett zu ihr gewesen, hatte ihr oft kleine Geschenke mitgebracht. Aber manchmal hatte er sie so angesehen – nicht wie ein Stiefvater, anders. Und wenn er sie bei der Begrüßung auf die Wangen küßte, hatte er sie auf eine Art umarmt, die sie nicht mochte.

An jenem ersten Abend dann hatte er sie noch fester umarmt und auf den Mund geküßt. Er hatte laut gelacht, als sie sich zu befreien suchte:

»Keine Angst ...! Na ja, wenn deine Mutter nicht wäre ...«, rief er immerfort lachend aus.

»Und die Überraschung?«

»Der Zorn steht dir gut, Franzi. Aber wart's nur ab! Erst bestellen wir das Essen! Und den Wein natürlich!«

Darauf würde sie nicht reinfallen! wollte sie eben sagen, als sie bemerkte, wie sich sein Gesicht von einem Moment zum anderen verwandelte. Ernst und – ja, väterlich, blickte er sie an. Und nachdem der Kellner mit der Bestellung gegangen war, war Karl sogleich zur Sache gekommen:

Er sei es Brita schuldig, von nun an für Franzis weitere Berufsausbildung aufzukommen. Sie hätte ein gutes Abitur gemacht, es wäre ihm eine Freude, ihr Studium der Germanistik und der Betriebswirtschaft zu finanzieren.

Er hielt Wort, und er half ihr auch weiter, die ersten Stufen der Berufsleiter zu erklimmen. Auch ihre neue Position bei der BIH hatte sie Karl Grotefuß zu verdanken. In den ersten Jahren hatte Franziska befürchtet, irgendwann werde sie für seine Wohltaten bezahlen müssen. Es fiel ihr schwer, Karl in der Rolle des selbstlosen Vaters zu sehen. Und womöglich hatte sie sich aus diesem Grund bereits wenige Wochen nach Britas Tod Hals über Kopf in eine Ehe gestürzt. Sie liebte den Mann nicht, kannte ihn kaum, aber sie fühlte sich sicher. Die Ehe hielt keine drei Jahre. In dieser Zeit hatte sie ihre Angst verloren. Sie hatte sich an Karls Protektion gewöhnt, nahm sie hin als Selbstverständlichkeit, die ihr zustand. Sie hatte das alles doch ihrer Mutter zu verdanken. Karl war ihr väterlicher Freund, mit dem sie sich hin und wieder traf und der Anspruch auf ihre Zuneigung hatte. Do ut des, auf kleiner Flamme. Gewohnheit. Fast schon Formsache.

»Die gleiche Ecke!« lachte Grotefuß fröhlich. »Wir sind lange nicht hier gewesen. Zu lange! Hat sich kaum verändert, der Laden.«

Während er sich gut gelaunt umsah, beobachtete

sie seine Gesichtszüge, die Bewegungen seiner Hände, seine zunehmende Beleibtheit. Die immer gleichen Posen, Formulierungen. Das eingeübte Lachen. Wie alt war er eigentlich? Ein Jahr älter als Brita: 65 also. Sieben Jahre älter als Krasnitz. Der war gerade 58 geworden, fünfzehn Jahre älter als sie.

Wie gut kannte sie Karl? Sie hatte das Gefühl, er sei ihr fremd geworden. Über Nacht. Seit gestern Nachmittag. Sie mußte es in Erfahrung bringen: Karl, Krasnitz, dieser Auftrag …?

»Du machst Fortschritte, hab ich gehört.«

Warum mußte er nur immerfort lachen? Früher hatte sie das nicht gestört.

»Was soll das heißen?«

»Man hat mir berichtet, es sei dir gelungen, dich innerhalb weniger Tage an Krasnitz ranzupirschen. Gratuliere!«

»Wer ist man?« fragte sie mit ungewohnter Schärfe.

»Deinem Tonfall nach scheint's zu stimmen.«

»Wer ist man?«

»Man hat so seine Freunde.«

»Das ist keine Antwort!«

»Warum regst du dich auf? Du hast ein großes Lob verdient.«

»Dann habe ich deinen Auftrag wohl falsch verstanden.«

»Auftrag? Ich hatte dich um einen kleinen Gefallen gebeten. Das stand mir wohl zu.«

»Krasnitz auszuhorchen? Mit ihm ins Bett zu gehen, um …«

»Das stand nicht auf dem Programm, weder das Aushorchen noch das Bett. Das ist deine Sache. Ich hatte dich gebeten, dich in deinem neuen Laden etwas umzutun: Stimmung, Motivation, Ansehen, Charakter, Führungsstärke von Krasnitz. Was man so über ihn redet …«

»Es sei von großer Wichtigkeit für euch, hattest du mir eingetrichtert, alles über Krasnitz zu erfahren. Es gehe um die Existenz des Unternehmens und es gäbe Anlaß zu Zweifeln an der Integrität von Krasnitz. Es klang ein bißchen so in meinen Ohren, als gälte es, einen gefährlichen Mann zu entlarven …«

»Na«, lachte Karl, »da haben wir uns wohl mißverstanden. Zum Detektiv wärst du kaum geeignet. Ich werde dir deine Rolle noch mal erklären.«

»Nicht nötig! Es gibt keine Rolle für mich in deinem Spiel!«

»Nicht so voreilig! Ich werde offen mit dir reden, dann kannst du urteilen.

Vorab: Was waren deine ersten Eindrücke von Krasnitz?«

»Du wirst enttäuscht sein. Ich halte Krasnitz für den anständigsten Mann, der mir bis heute begegnet ist. Mit seiner altmodischen Höflichkeit gewinnt er die Menschen und prägt so Stil und Atmosphäre seiner Umwelt.«

»Du hast den Nagel auf den Kopf getroffen, Franzi!« rief Karl aus.

»Jetzt verstehe ich nichts mehr.«

»Du hast sehr präzise die Eigenschaften beschrieben, die uns – leider! – zwingen, auf eine baldige Ablösung von Krasnitz zu drängen.«

»Ihr wollt einen Mann wie Krasnitz ...?« schrie sie auf.

»Pst! Wir sind nicht allein. Männer wie Krasnitz haben ihre Zeit gehabt, ihre große Zeit. Wir, Deutschland, wir alle haben ihnen viel zu verdanken. Aber ihre Zeit ist nicht mehr. Gesetze und Spielregeln werden nicht mehr allein hier, sondern in der ganzen Welt gemacht. Wer das nicht akzeptiert, verliert. Anpassungsfähigkeit, Schnelligkeit, ja, auch Gerissenheit und Skrupellosigkeit sind heute unabdingbare Voraussetzungen für Erfolg an den Spieltischen der Welt. Krasnitz gebührt ein ehrenvoller Platz im Museum für Geschichte, ein hoher Orden und eine großzügige Pension.«

»Verdammt, Karl, ihr wollt ihn wirklich zur Strekke bringen? Die BIH ist immer noch ein erfolgreiches Unternehmen. Die Umsätze wachsen, die Dividenden ...«

»Nicht schnell genug.«

»Und der Aktienkurs ...«

»... macht die Aktie an der Börse zum ›Witwen-und-Waisen-Papier.‹«

Für einige Augenblicke waren Franziska die Argumente ausgegangen. Sie versuchte in Karls Gesicht zu lesen, in seinen Augen, die so freundlich schauen konnten. Raubtieraugen, dachte sie, nein schlimmer – es fiel ihr nicht ein, was es war.

»Sag mir die Wahrheit, Karl!«

»Schlaue Franzi!« lachte er anerkennend. »Meinetwegen also, unter uns:

Wie du weißt, bin ich Chef einer Bank. Sie ist meine erste Verantwortung. BIH steht an zweiter Stelle.

Die Bank ist ... nicht gerade in Schwierigkeiten, aber wir hatten in den letzten Jahren einige Fehlspekulationen – ich meine Fehlinvestitionen – zu verkraften, haben dadurch Löcher in der Kasse, die geschlossen werden müssen, ehe die Bank ins Gerede kommt. Wir müssen uns deshalb von einigen Beteiligungen trennen, allen voran der BIH.»

»Was hat das mit Krasnitz zu tun?«

»Er steht uns im Wege.«

»Verstehe ich nicht. Ein Aktionärswechsel über die Börse ...«

»Die heutigen Börsenkurse reichen uns nicht. Wir brauchen mindestens das Doppelte. Das ließe sich wahrscheinlich machen. Ein amerikanischer Fonds, der Name tut nichts zur Sache, wäre interessiert, vorausgesetzt, er bekommt die Macht. Wir müssen also andere Aktionäre ins Boot holen et cetera et cetera. Mit Krasnitz wäre das kaum zu machen.«

»Krasnitz muß also geopfert werden, damit deine Bank ihre Schulden bezahlen kann!« rief sie.

»Tja«, Karl zuckte mit den Schultern, »die Welt ist ungerecht!«

»Scheißkerl!«

Sie sprang auf, stürmte zum Ausgang.

»Willst du nicht noch was essen?«

Die Gasthaustür knallte zu.

»Speisen Sie allein, Herr Doktor?« fragte der Kellner.

»Sieht ganz so aus.«

19.

Die Liebenden lagen ganz still, mit geschlossenen Augen, versunken in dem fast schon vergessenen Glück vollkommener Auflösung, wissend, daß dieser Zustand nicht dauern kann. Nur die Erinnerung würde bleiben.

Franziska tauchte als erste auf. Sie hatte es ihm vorher sagen wollen. Er aber ließ es nicht zu. Dies, hatte er gesagt, sei ihre gemeinsame Stunde, und er verschloß ihren Mund.

Jetzt hob sie den Kopf, studierte seine entspannten Züge, den halbgeöffneten Mund, die geschlossenen Augen, horchte auf seinen gleichmäßig ruhigen Atem.

Schlief er?

Sie fing leise zu sprechen an.

Er schlug die Augen auf, lächelte.

»Darf ich?« fragte sie.

»Alles!« nickte er und schloß wieder die Augen, ohne seine Stellung zu verändern.

Wo sollte sie beginnen? Bei Grotefuß? Sie hatte Krasnitz – sie sollte ihn Heinrich nennen, hatte er gesagt, es fiel ihr noch schwer – sie hatte ihn noch nie anders gesehen als freundlich, aufmerksam, liebenswürdig, höflich und – ja, auch verliebt. Aber zornig? Verstimmt? Oder auch nur enttäuscht? All das müßte er doch sein bei dem Namen Grotefuß. Bei ihrem Geständnis, sich mit ihm getroffen zu haben.

Sie begann mit ruhiger Stimme, breitete behutsam Wort für Wort vor ihm aus.

Kurz bevor sie den Namen »Grotefuß« aussprach, stockte sie.

»Nur weiter!«

Er griff hinter sich, schob sich ein zweites Kissen unter den Kopf:

»So bin ich dir näher. Ich werde meine Augen wieder zumachen. Dann sprichst du leichter, so als wäre ich nicht da. Und ich kann mich besser konzentrieren, ohne von deinem Anblick abgelenkt zu werden.«

Sie mußte lachen, setzte sich auf. So mußte sie ihn nicht fortwährend ansehen, konnte ihre Augen durch den noch unvertrauten Raum schweifen lassen, durch das offene Fenster, bis zu den Tannenspitzen am Ende des Gartens. Es war still im Zimmer, nicht einmal ein Atemgeräusch oder das leise Knarzen einer Bettfeder.

Und auf einmal war alles ganz einfach.

»Jetzt weißt du alles!«

Und so war es wohl. Sie hatte nichts ausgelassen. Sie hatte einfach aufgehört zu reden und war in ihrer Sitzhaltung geblieben, den Kopf auf die Knie gelegt, als wartete sie auf das Urteil.

Lange herrschte Stille, es kam kein Wort, kein tiefer Atemzug, keine Bewegung, sondern endlich nur das eine Wort:

»Danke!«

Es überfiel sie eine tiefe Erschöpfung. Sie richtete sich im Sitzen auf, ließ sich zurückfallen, ohne darauf zu achten, wohin. Daß sie auf seinen ausgestreckten Arm gefallen war, bemerkte sie erst, als sich seine Hand um ihre Schulter schloß. Sie hielt ihre Augen geschlossen, nahm seine Küsse hin, nahm alles einfach hin.

Später, viel später und aus dem Gefühl neu erfahrener Geborgenheit heraus, fragte sie:

»Was wirst du tun, Heinrich?«

»So einfach kommst du nicht davon, Franziska«, lachte er. »Die Frage lautet: Was werden wir tun?«

»Wir?«

»So stell ich mir das vor – von nun an.«

»Und meine Rolle?«

»Unsere Rollen werden von Tag zu Tag neu definiert und bleiben doch immer die gleichen.«

»Schön gesagt ...«

»Aber?«

»Ich muß noch lernen ...«

»... Kritik zu üben? Für mich gehört Narrenfreiheit zu den wichtigen Elementarteilen beständiger Liebe.«

»Ich muß noch viel mehr lernen, Heinrich!«

»Was denn?«

»Dich!«

»Stimmt! Und ich dich!«

»Zum Beispiel dein Lachen, wenn schweres Wetter aufzieht. Dein Bild von der Rollenverteilung, Heinrich, – ein wunderbares Motto für Harmonie und Frieden im Alltag – wem außer dir würde das einfallen in einem Moment, in dem ihm ein Lebenskampf bevorsteht? Mit einer Frau an seiner Seite, aus einem anderen Leben, aus einer anderen Erfahrungswelt.«

»Kampf, Franziska? Man sollte immer versuchen, die richtige Reihenfolge einzuhalten. Liebe kommt zuerst. Sie macht uns weniger verletzlich.«

Sie hatte sich aufgesetzt, blickte zu ihm herab. Aus dieser Perspektive hatte sie sein Gesicht noch nicht gesehen. Die Züge wirkten weicher, nicht so scharfkantig.

»Ich könnte doch eine Agentin sein, angeheuert von Grotefuß oder einer Art Mafia, eine Killerin sogar, Heinrich.«

»Könntest du, ja.«

»Was macht dich so vertrauensselig?«

»Der Stall, aus dem du stammst: Roggenbuk und Liebenow. Ich habe beide gekannt. Gewächse, die in der ärgsten Not ihre wahre Größe erlangen.«

Während er sprach, hatten sich ihre Augen immer weiter geöffnet.

»So hat mich noch nie jemand gesehen.«

»Kein Wunder, der Maßstab ist leider verloren gegangen.«

Was blieb ihr noch zu sagen? Viele Sekunden blieb

sie stumm. Dann warf sie sich mit ihrem ganzen Gewicht auf ihn, schlang ihre Arme um seinen Hals und küßte ihn. Als sie endlich von ihm abgelassen hatte, lachte er und stellte mit gespieltem Ernst fest:

»Das hätten wir also! Nun zum Thema ›Kampf‹?«

Sie winkelte ihre Beine an, drehte sich zur Seite und ließ sie aus dem Bett fallen.

»Ich glaube, ich sollte dich jetzt allein lassen.«

»Denkpause?«

»Auch! Sagen wir: bis morgen?«

»Früh?«

»Mittag!«

»Gut: um 12!«

20.

Verändertes Feuer in ihren Augen: Neugier, Erwartung, vor allem Kampfeslust. Er mußte lachen, zugleich aber erschrak er. Was sollte daraus werden? Tappten auch sie in der Illusion frisch Verliebter herum, sie würden einander kennen, nur weil sie meinten, einander ins Herz geblickt zu haben? Vieles hatten sie sich erzählt. Die Türen aber zu ihren Lebenswünschen, ihren Nachtgedanken, Ängsten und Hoffnungen aufzuschließen, bräuchte Zeit, viel Zeit. Die hatten sie noch nicht gehabt.

Konnte er erwarten, sie würde ihn verstehen, wenn er ihr sagte, er werde nicht kämpfen, diesen Kampf nicht, mit Liebe wäre der nicht zu gewinnen? Noch lebten sie auf verschiedenen Ebenen. Der Versuch, sie auf seine Ebene, in seine Welt zu ziehen, barg Risiken. Er könnte das Bild, das sie sich von ihm machte, verändern. Das Bild, das sie gerade angefangen hatte, zu lieben, in ein anderes Bild verwandeln, das sie enttäuschte, erschreckte sogar. Ihre Liebe war noch zu ungefestigt, um standzuhalten. Doch es half nichts: Er mußte das Risiko eingehen, mußte aussprechen, was er gern noch für sich behalten hätte, bis zu einer passenden Stunde.

Womit sollte er anfangen? Mit dem Naheliegenden: dem Geständnis, daß er sich seit Monaten schon mit dem Gedanken herumschlug, sein Amt als Vorstandsvorsitzender niederzulegen und sich aus dem Wirtschaftsleben zurückzuziehen? Niemand würde das verstehen. Mit 58? Auf dem Höhepunkt seiner Karriere?

Es war allein seine Entscheidung. Gäbe es Franziska nicht, er schuldete niemandem eine Begründung. Deshalb hatte er sie noch nie ausformuliert, druckreif gewissermaßen. Nun stand er vor dieser Aufgabe. Bis morgen. In Worten, die sie verstehen würde, unverrückbar.

Genügte es zu sagen, er könne sich nicht entschließen, eine Entwicklung weiter mitzutragen, die seine Welt in den kommenden Jahren grundlegend verändern würde? Natürlich nicht. Es genügte auch nicht, zu erklären, daß diese Entwicklung längst begonnen hatte, daß ihre zunehmende Wucht, ihr Tempo, ihre revolutionäre Ausstrahlung bisher jedoch kaum wahrgenommen wurde.

Franziska würde zu Recht fragen: Was fürchtest du? Etwas ändert sich doch immer. Ist es der rasche technische Fortschritt, der dir Angst macht?

Angst ist der falsche Begriff, Franziska – das würde er sofort erklären müssen – und es ist auch nicht der technische Fortschritt an sich. Im Gegenteil, ich habe großen Respekt vor vielen Erfindungen. Doch man kann sie leider so oder so einsetzen. Und ich traue den meisten Menschen die Größe nicht zu, sich adäquat zur Größe der Erfindung zu verhalten, sie mit Bescheidenheit und Respekt anzunehmen. Kurz: der schuldlosen Technik gegenüber als Mensch nicht schuldig zu werden. Die Versuchungen des Mißbrauchs sind zu übermächtig.

Und damit, Franziska, kommen wir zum eigentlichen Kern meiner Sorge:

Wir stehen vor der systematischen Verdrängung der Menschen von ihren angestammten Plätzen. Wir stehen am Ende eines Zeitalters, in dem der Mensch im Mittelpunkt stand. Er war der Herr des Geschehens. In der Wirtschaft war er der wichtigste Produktionsfaktor. Maschinen, Rohstoffe, Energie waren seine Hilfsmittel. Erfindungen sollten ihm dienen, das Ergebnis seines Schaffens verbessern und das war nicht allein materiell zu verstehen. Es diente seinem Stolz, seiner Würde ...

Du brauchst nicht weiterzureden, Heinrich, könnte sie ihn hier vielleicht unterbrechen, ich weiß, worauf du hinaus willst: »Die gute, alte Zeit ...«

Die war auch nicht so gut, wie es scheint. Nein, mein Problem steckt im Hier und Heute:

Aus den Menschen im Mittelpunkt des Geschehens in Wirtschaft und Gesellschaft ist eine disponible Masse geworden. Eine banale Erkenntnis ohne Konsequenz. »Es geht notfalls auch ohne euch!« schallt es ihnen schon hier und da entgegen. Man hat sie zu

Jobbern gemacht, zu wurzellosen Goldsuchern. Mal hier, mal dort. Es braucht niemand zu hungern! Was regt ihr euch auf? Freut euch des Lebens! Es fällt dir schwer, Franziska, mir zu folgen? Es gibt Auswüchse, meinst du, es gibt diesen Mißbrauch, aber ...

Noch ist es nicht soweit, richtig. Ich habe von einer möglichen Entwicklung gesprochen, von der Sorge um die Zukunft. Und wenn wir nicht aufpassen, dann könnte es so kommen. Bald. Das neue Jahrhundert beginnt in 16 Jahren. Bis dahin könnte beendet sein, was schon begonnen hat:

Die Degeneration des Menschlichen. Ist dir noch nicht aufgefallen, Franziska? Um uns herum entstehen neue Ordnungen:

»Menschlichkeit« wurde »zuständigkeitshalber« den Kulturabteilungen zugewiesen, den karitativen Verbänden und öffentlichen Veranstaltungen. So stört sie nicht die täglichen Geschäfte ...

Ob sie ihm immer noch zuhören würde? Wenn er sie nur besser kennen würde!

Sollte er Franziska lieber von Krasnitz erzählen? Von den Inspektionsgängen mit dem Vater über die Gutshöfe, die Stallungen, die Scheunen, die Wagenremisen, die Werkstätten: die Stellmacherei, die Schmiede. Alles gehörte dazu, hatte seinen Platz in dem fast autarken Gemeinwesen, seit Generationen, mit seinen vertrauten Geräuschen, Gerüchen. Wie die Menschen, die dazugehörten, ihren Platz hatten, die Familien, seit Generationen schon, jede in ihrem Häuschen, eingebettet in Gärten voller Blumen und Gemüse. Und wie auch die alte Backsteinkirche dazugehörte, die schon die Brandstiftungen des Dreißigjährigen Krieges überstanden hatte. Und die Schule, die Krankenstube, mit der Schwester und der Hebamme.

»Alles eine Familie!« pflegte der Vater zu sagen. Das war die Welt des Jungen, festgefügt und selbstverständlich.

Am Ausgang des Gutshofes wartete der Jagdwagen mit den beiden Trakehnern davor, zur Fahrt über die Felder, die Getreide-, Kartoffel- und Rübenfelder, die Viehweiden und Pferdekoppeln, an den Fischteichen vorbei zu der Ziegelei und der Brennerei, »unseren Fabriken«, wie der Vater sagte. Zum Abschluß die stillen Schattenwege durch die Wälder, auf denen man nicht reden durfte, um das Wild nicht zu beunruhigen, das Rotwild, Damwild und Schwarzwild.

Am Ende an der Försterei vorbei. Dort wohnte Oberförster Roggenbuk mit seiner Familie. Dort hatte Brita gewohnt! Zurück zum Park und zum Gutshaus war es nicht mehr weit. Fünfzehn Minuten zu Fuß. Wenn der Junge rannte, schaffte er es in acht Minuten.

Viele Jahre lang hatten die Bilder in seinem Kopf wie erstarrt gestanden. Mit wem hätte er über Krasnitz reden sollen? Wäre er gefragt worden, er hätte jede Auskunft präzise hervorziehen können. Selbst die Zahlen:

1938 arbeiteten auf Krasnitz etwa 100 Menschen in der Landwirtschaft;

etwa 20 in den »Fabriken«;
10 in der Forstwirtschaft
und 5 im Gutshaus und in der Gärtnerei.

Würde er versuchen, Franziska das alles zu erzählen, immerhin stammt sie auch daher, wie würde sie es verstehen? Fünfzehn Jahre war sie jünger als er. Eine halbe Generation, hätte man früher gesagt. Heute laufen die Uhren schneller. Fast eine Generation also: Er mußte aufpassen, durfte sich nicht älter machen, als er war. Deshalb war es wohl klüger, ihr nicht zu gestehen, daß die Bilder von Krasnitz sich mit neuem Leben erfüllt haben, seit er die 50 überschritten hatte. Kaum ein Tag vergeht, an dem er nicht an Krasnitz denkt, an die Wurzeln, die ihn zu dem gemacht haben, der er ist, die Wurzeln seines Denkens. Wenn das aber so ist, wie sollte er ihr seine Zweifel erklären – ohne Krasnitz?

Wie auch immer ihre Reaktion ausfallen würde, war es nicht ein notwendiger Test in dieser frühen Stunde ihrer Verliebtheit? Wenn sie den Weg, der von Krasnitz in einem weiten Bogen zu seinem Zweifel geführt hatte, einfach als etwas Natürliches erkennen würde, bereit sein würde, ihn sogar mitzugehen, dann ... Er wagte nicht, weiterzudenken. Zu vielfältig und schwer einschätzbar waren die Fallstricke. Wußte er denn, wie ein Mensch aus einer anderen Generation, geformt von den Philosophien, den Denkschulen einer anderen Zeit, empfinden würde? Aber auch in dieser Generation gab es keine Schablonen. In dem Fall sollte er sich die verschiedenen

Reaktionsmöglichkeiten von Franziska versuchen vorzustellen.

Hübsche Schilderung, könnte sie sagen, aber was willst du mir damit sagen?

Oder:

Kaum tauglich für eine Wertedebatte. Ich solle mir doch nur vorstellen, es hätte keinen Krieg gegeben, das Rittergut Krasnitz wäre noch immer im Eigentum der Familie. Wie sähe es heute aus, unter der Leitung von Heinrich von Krasnitz?

In der Landwirtschaft wären noch zehn Menschen, höchstens, beschäftigt.

In den Wäldern vielleicht drei bis vier; die »Fabriken« hätten längst geschlossen werden müssen, und Park und Gutshaus hätten noch zwei Hausangestellte und einen Gärtner-Chauffeur.

Ziemlich zusammengeschrumpfte Familie! Was wäre aus den anderen geworden? Die meisten Arbeiterhäuser wären abgerissen worden, einige vielleicht als Ferienhäuser vermietet. Sind die Menschen, die nicht mehr gebraucht wurden, freiwillig gegangen? Haben sie eine Abfindung erhalten? Konnten Sie sich das leisten, Herr Gutsbesitzer?

Spätestens an dieser Stelle würde er wünschen, Krasnitz aus dem Spiel gelassen zu haben.

Vermutlich wird sie das alles nicht sagen. Vermutlich wird sie lächeln und sich für den schönen Bericht über ihre frühe Heimat bedanken. Dann aber höflich darauf hinweisen, daß wir es heute eigentlich mit einem ganz anderen Problem zu tun hätten, einem anderen Kampf, nach allem, was Grotefuß ihr verraten hatte. Sie habe ihn so verstanden, daß es nur um unser Unternehmen geht.

Würde er also doch kämpfen müssen? Sie würde es von ihm erwarten. Und wenn er sie halten wollte ... Sie vertrat gewiß die Meinung der Mehrheit der Mitarbeiter. Er müßte sich also vorstellen, er stünde tausenden von Menschen gegenüber, die ihm vertrauten, er müßte ihnen ins Gesicht sehen. Viele kannte er seit Jahren, er kannte ihre Namen – und er hätte nichts für sie als schöne, aber leere Worte ...

Hatte Grotefuß einen Fehler gemacht? Was sonst mochte ihn veranlaßt haben, es nicht bei der einfachen Begründung zu belassen, er, Krasnitz, sei den veränderten Anforderungen der Zeit nicht mehr gewachsen, es gehe also allein um ihn, um seine Führungsfähigkeiten in der Zukunft. Eine Begründung, die sich einer sachlichen Diskussion nicht einfach entziehen ließe.

Die Karten plötzlich aufzudecken, vor Franziska die wahren Beweggründe zu nennen und die geheimsten Pläne, die die Bank und seine eigene Haut retten sollten, das hatte sicherlich nicht Grotefuß' ursprünglichen Absichten entsprochen. Oder doch? Hoffte er auf Franziskas Verständnis, ihr Mitleid vielleicht? Ging es einfach um sie? Ein verspäteter, spontaner Balzgesang also? Er kannte Grotefuß nicht gut genug, aber es fiel ihm schwer, das anzunehmen. Grotefuß war ein Fuchs. Er mußte damit rechnen, daß seine Botschaft umgehend bei ihm, Krasnitz, landen würde. Was also steckte dahinter?

Krasnitz ging in den Garten, wanderte mit auf dem Rücken gefalteten Händen auf dem Rasen hin und her, ging auf die Terrasse, ließ sich in einen Korbsessel fallen. Und dort hörte er das Telefonklingeln. Es musste schon ein paarmal geläutet haben.

Es war Wolfgang Schade. Er erkannte die Stimme sofort: Es täte ihm leid, ihn am Samstag zu Hause zu stören. Er müsse ihn aber unbedingt sprechen. Das träfe sich gut, erwiderte Krasnitz, er sei allein, ob er nicht gleich auf ein Glas Wein zu ihm kommen wolle?

Ob er wirklich nicht stören würde?

»Ein alter Freund stört nie! Bis gleich also!«

21.

»Darf ich gleich mit der Tür ins Haus fallen?« Schade wartete seine Antwort nicht ab. »Die Electronic AG wird zerschlagen. Mindestens die Hälfte aller Mitarbeiter wird gehen müssen!«

»Und unsere Verträge mit dem Hauptaktionär?«

»Sind das Papier nicht wert, auf dem sie geschrieben wurden.«

»Und was sagt Ihr Anwalt? Sie haben doch einen?«

»Selbstverständlich! Wir haben bis zum letzten gekämpft. Mit allen Mitteln. Der Anwalt hatte uns immer wieder Mut gemacht. Schließlich mußte er klein beigeben und mit den Schultern zucken: Alles legal! Leider!

Unsere Gegner zeigten sich großmütig: Sie übernahmen unsere Anwaltskosten!«

»Das muß verdammt schnell gegangen sein!«

»Atemberaubend schnell! Ehe wir recht begriffen hatten, was geschieht, war die Falle schon zu. Was jetzt noch bleibt, ist Abwicklung. Im Telegrammstil erzählt:

1. Akt: Snake-Fonds übernimmt Anteil von BIH an Electronic,

2. Akt: Snake-Fonds macht freien Aktionären großzügiges Übernahme-Angebot. Erfolg: fast 100 %.

3. Akt: Snake-Fonds verkauft Electronic zu 100 % an anderen ›befreundeten‹ amerikanischen Fonds, der nach dem Erwerb an alle ›Nebenabsprachen‹ mit uns nicht mehr gebunden ist.

4. Akt: Der neue Aktionär verkauft die vier Geschäftssparten einzeln zu Superpreisen an verschiedene Interessenten. Der Name Electronic wird zum Schluß versteigert.

Von Banken geschätzter Gewinn der beiden Fonds je mindestens 100 %!

Ich mache es kurz. Ich habe gebeten, vorzeitig in Rente geschickt zu werden, und die Bitte wurde umgehend erfüllt. Großzügiger, als ich erwarten konnte. Man war froh, mich loszuwerden.«

»Tut mir leid, Schade!«

»Ach was. Ein neues Zeitalter bricht an. Und ich durfte Zeuge sein und rechtzeitig vom Spielfeld auf die Tribüne wechseln.

Und da macht man sich so seine Gedanken. Ich habe viel gelernt. Der Fall Electronic wird seinen Platz in der Wirtschaftsgeschichte bekommen. Als Zukunftsmodell: Ein Unternehmen, dessen Sinn und Ziel es war, Ware zu produzieren, um Gewinn zu erzielen, ist selbst zur Ware geworden. Zu einer Ware, die ihre Verkäufer über Nacht unvorstellbar reich gemacht hat.

Und das wird Folgen haben:

Bisher pflegten Unternehmensgründer bekanntlich langfristig zu denken. Sie hatten ein Werk vor Augen, das weit über ihre Lebenszeit hinaus Bestand haben könnte. Seltsam, wie schnell Ideale verlacht und eingemottet werden können.

Das sind so Gedanken auf meiner Tribüne.

Wer künftig ein Unternehmen gründet, wird, leider meist zu Recht, im Verdacht stehen, eine rasch verderbliche Ware auf den Spieltisch zu legen, die es so schnell wie möglich zu Höchstpreisen zu verkaufen gilt.

Gier muß ansteckend sein. Die Sucht, möglichst schnell, mit allen Mitteln, aber ohne Sinn und Verstand, unermeßlich reich zu werden, könnte sich zu einer weltweiten Epidemie auswachsen.

Da fühlt man sich auf seiner Tribüne ganz gemütlich und sicher.«

Krasnitz hatte Schade noch nie so lange und ohne Pause reden gehört. Er war kein Mann vieler Worte.

»Jetzt trinken wir erst mal, Schade!«

Er hatte einen Burgunder bereitgestellt, Schades Lieblingswein. Krasnitz schenkte ein, hob sein Glas:

»Auf unsere Freundschaft!«

»Auf unsere Freundschaft!«

»Ich möchte Sie gerne wieder von Ihrer Tribüne herunterholen, Schade. Ein Mann wie Sie gehört dort noch nicht hin. Im Vorstand der BIH AG brauchen wir dringend einen neuen Arbeitsdirektor. Wie wär's damit?«

»Arbeitsdirektor? Ich glaube nicht, daß ich das noch will. Ich käme vom Regen in die Traufe. Aber vielen Dank jedenfalls für das ehrenvolle Angebot.«

»Wir würden, wie immer, ein gutes Gespann abgeben. Aber was meinen Sie mit dem Regen und der Traufe?«

»Die Geier kreisen doch auch schon über der BIH. Wissen Sie das nicht, Herr von Krasnitz? Es ist nur eine Frage der Zeit. Der Fall Electronic hat ihnen Mut gemacht.«

»Woher wissen Sie das, Schade? Gerüchte?«

»Mehr als das. Die gleichen Schnüffler wie bei uns geistern durch Ihr Haus und spannen ihre Netze. Machen Sie den Versuch: Schlagen Sie dem Aufsichtsrat mich als Arbeitsdirektor vor! Sie werden durchfallen. Da bin ich sicher!«

»Ich habe noch jeden Vorschlag durchgebracht.«

»Das war gestern, Herr von Krasnitz.«

»Also gut. Ich werde den Versuch riskieren. Gewinne ich, müssen Sie aber auch kommen!«

»Eine Wette? Angenommen!«

22.

»Was wirst du nun tun?«

Bis dahin hatte sie geschwiegen. Er hatte ihr alles erzählt.

»Als erstes muss ich meine Wette gewinnen, Franziska!«

»Und wenn du sie verlierst?«

»Gehe ich in die Berufung.«

»Das heißt?«

»Ich wende mich an die ›höheren Instanzen‹.«

»Auch an Grotefuß?«

»Ich werde ihn kaum auslassen können.«

»Und wenn du auch bei den ›höheren Instanzen‹ durchfällst?«

»Dann könnte es erst richtig spannend werden. Es käme darauf an, ob mit ›schwerem Säbel‹ gefochten oder Schach gespielt würde. Im allgemeinen bevorzugt man in oberen Etagen ein elegantes Schachspiel. Warten wir es ab!«

Krasnitz legte seine Hände in den Nacken, schloß für einen Moment die Augen und streckte seinen Rücken. Als er die Augen wieder aufschlug, die Hände in seinen Schoß fallen ließ, strahlte er sie an. So hatte sie sein Gesicht noch nicht gesehen.

»Wie schön du bist!« sagte er.

Für einen Augenblick schien sie verblüfft zu sein. Dann erwiderte sie:

»Dir scheint das Spiel Spaß zu machen, Heinrich.«

»Noch nicht. Aber der Tag könnte kommen.«

Er stand auf, ging ein paar Schritte im Zimmer auf und ab.

»Ein milder Nachmittag! Laß uns auf die Terrasse gehen!«

Sie setzten sich einander gegenüber in die Korbsessel.

»Möchtest du etwas trinken?«

»Später vielleicht. Danke!«

Eine Weile schwiegen sie, hörten einer Amsel zu, die über ihnen ungestört in einer Buche sang.

»Um meinen fünfzigsten Geburtstag herum hatte Gertrud angefangen, mir zuzureden, meinen Beruf aufzugeben. Sie hatte wohl gemerkt, daß ich immer häufiger von Krasnitz erzählte, ohne es selbst zu merken. Sie selbst hatte diesen Wunsch wohl schon lange gehegt, bis dahin aber nicht ausgesprochen.«

Er stockte, blickte auf ihre Hände, die ruhig in ihrem Schoß lagen.

»Erzähl weiter, Heinrich!«

»Meinst du nicht, hatte sie gesagt, es ist an der Zeit? Dies ist nicht mehr deine Welt. Du hast genug verdient. Für unsere bescheidenen Ansprüche müßte es reichen bis an unser Lebensende. Und unser Sohn in Australien steht auf eigenen Füßen. Sie konnte diese sanfte Beharrlichkeit haben, der ich nur schwer widerstehen konnte.

Damals aber war ich noch nicht soweit, mochte ich noch nicht zugeben, daß es mir keine Freude machte, mich gegen die zunehmenden Widrigkeiten in meiner Arbeit durchzusetzen. Ich war noch immer viel zu passioniert, um an ein Aufgeben zu denken. Ich hätte mich doch nie beschwert, versuchte ich abzuwiegeln. Natürlich nicht, das sei nicht meine Art. Vielleicht merkte ich den zunehmenden Ärger ›im Eifer des Gefechts‹ nicht. Sie sähe ihn mir aber an, von Tag zu Tag mehr. Und früher oder später könnte der Wandel, den ich nicht wahrhaben wollte, mir die Atemluft nehmen. Dann könnte es zu spät sein.

Wie sie diesen, von ihr so gefürchteten Wandel denn erkennen würde?

Den spüre sie einfach!

Und das war nicht so dahingesagt.

Ob sie denn meine, ich sollte nichts mehr tun?

Um Himmelswillen, nein! Für ein paar Sekunden verlor sich ihre Sanftheit. Unabhängigkeit, fuhr sie fort, ist Geschenk und Pflicht zugleich, die Aufgabe, den Platz zu suchen, der auf einen wartet.

So ging es immer weiter ...«

»Keine leichte Zeit für dich, Heinrich ...«

»Und doch möchte ich sie nicht missen. Wo stünde ich heute, ohne sie?«

Er stand auf. »Ich hole uns etwas zu trinken. Mineralwasser?«

Sie nickte nur.

Sie leerten beide gleichzeitig ein halbes Glas in einem Zug. Nachdem sie ihr Glas abgesetzt hatte, stellte Franziska die Frage, mit der er schon gerechnet hatte: »Und was erwartest du von mir, Heinrich?«

»Keine Kopie, Franziska! Ich erwarte von dir – wenn ich es so anspruchsvoll ausdrücken soll –, daß du mir hilfst, der zu bleiben, der ich bin. Mit den kleinen Korrekturen, die du für nötig halten solltest, altersbedingt etwa, und das auf deine Art. Einverstanden?«

»Nicht ganz.«

»Was fehlt?«

»Wie wär's mit Liebe?«

Er lachte laut auf.

»Wer in den Himmel schaut, vergißt manchmal das Fundament, auf dem er steht – für eine Sekunde …«

»… in der er stolpern könnte!«

»Du siehst also, was ich erwarte?«

»Die stützende Hand in dieser Sekunde?«

»Unter anderem! Soll ich zu Ende erzählen?«

»Ja, bitte!«

»In der Zeit von Gertruds Krankheit, in den Monaten, in denen ich lernen mußte zu begreifen, daß es mit ihr zu Ende gehen würde, hätte ich ihren Wünschen fast nachgegeben, ihr zuliebe, wären da nicht die Morde an Ponto, Schleyer und vielen anderen meiner Freunde gewesen. In jener Zeit das Feld zu verlassen, aus welchem Grunde auch immer, wäre Fahnenflucht gewesen.«

Sie schwiegen lange, tranken in kleinen Schlucken ihr Wasser aus.

»Männer, die uns heute fehlen!« sagte er, mehr zu sich. »Ich vermisse sie immer mehr! Ich sollte noch nachtragen: Gertrud und ich heirateten, nachdem ich meine juristische Ausbildung beendet hatte und vor der Berufswahl stand.

Gertrud hätte mich lieber in einem, wie sie meinte, ›intellektuellen‹ Beruf gesehen: Richter an einem Obergericht oder als Universitätsprofessor, zum Beispiel.

Als ich ihr aber, etwas holprig, zu erklären versucht hatte, warum ich mich lieber für eine Karriere in einem Wirtschaftsunternehmen entscheiden würde, akzeptierte sie schweigend meine Wahl. Sie wisse, hatte ich ihr erklärt, den Beruf, für den ich geschaffen gewesen war, gibt es für mich nicht mehr. Ein Wirtschaftsunternehmen schiene mir der einzige passende Ersatz zu sein:

Eine Gemeinschaft von Menschen, die sich, jeder nach seinem Können, zusammengeschlossen hatten, um gemeinsame Ziele zu erreichen und nicht zuletzt auch um mit ihrem gemeinsamen Erfolg den verlorengegangenen Lebenssinn wiederzufinden.

So haben damals viele gedacht. Auch ich. Damals, das heißt: vor 26 Jahren!«

»Auch du?«

»Ich war ein passionierter Unternehmer. Ich bin

es im Herzen immer noch. Das macht mich heute so zornig. Ein Ideal gibt man nicht leicht verloren. Auch wenn ich jetzt meinen Platz räumen sollte, irgendwann wird das Spiel weitergehen, auch für mich, an anderem Ort.«

23.

»Zu spät, mein lieber Krasnitz, die Würfel sind bereits gefallen.«

»Soll heißen?«

»Der Aufsichtsrat hat in einer internen Abstimmung mehrheitlich entschieden. Am Freitag erfolgt die offizielle Bestellung des neuen Arbeitsdirektors und Vorstandsmitglieds.« Mit hochgezogenen Brauen versuchte Professor Nader ein hochmütiges Lächeln.

Leise, aber scharf schoss Krasnitz zurück:

»Ich kann mich nicht erinnern, konsultiert worden zu sein, Herr Nader!«

»Nicht nötig! Vorstandsmitglieder werden nach dem Aktiengesetz vom Aufsichtsrat bestellt, Herr Krasnitz, als Jurist sollten Sie das wissen.«

Der Ton war lauter geworden.

»Und Sie, Herr Nader, sollten wissen, daß es in feinen Häusern, zu denen BIH bisher gehörte, Gewohnheiten gibt, deren strenge Einhaltung für die harmonische, erfolgreiche Zusammenarbeit in einer Unternehmensführung unerläßlich ist. Eine Vorstandsbestellung ohne vorherige Abstimmung zwischen Aufsichtsrat und Vorstand hat es in diesem Hause noch nicht gegeben.«

»Es gibt immer ein erstes Mal!« gab Nader mit einem verunglückten Lachen zurück. »Wollen Sie mich etwa belehren, Krasnitz, wie ich mein Amt zu führen habe?«

»Im Interesse des Unternehmens scheint das notwendig zu sein. Tut mir leid. Darf ich wenigstens jetzt erfahren, wer der von Ihnen Auserwählte sein soll?«

»Der von Ihnen freundlicherweise vorgeschlagene Kandidat, Wolfgang Schade, ein alter Freund von Ihnen, wie ich höre, ist es jedenfalls nicht. Er hat durch sein Verhalten gegenüber unseren Freunden in puncto Electronic AG jeden Kredit bei uns verspielt.«

»Wer ist ›uns‹?«

»Ihre Großaktionäre natürlich.«

»Wolfgang Schade hat bis zum letzten seine Pflicht getan. Er hat sich vor das Unternehmen und seine Mitarbeiter gestellt. Etwas anderes habe ich von ihm nicht erwartet. Mein Freund? Meinetwegen. Ich bin stolz auf ihn. Können Sie das gleiche von Ihren Freunden sagen? Wer ist denn nun Ihr Kandidat?«

»Peter Schulte. Sie kennen ihn ja.«

»Besser, als Sie denken. Er kann sehr schnell sein, wenn es darum geht, ja zu sagen.«

»Muß das ein Fehler sein?«

»Für Sie vielleicht nicht!«

24.

»Seien Sie nicht so streng mit unserem Professor, Krasnitz!«

Man lachte im Chor. Das verlangte die Etikette beim »Fürstentreffen«.

»Nader ist ein Anfänger. Neben einem alten Hasen wie Ihnen kein einfacher Job. Er muß noch lernen.«

»Er müßte lernen, wie man lernt!« warf Krasnitz lachend ein.

»Naders Verhalten bei der Bestellung des neuen Arbeitsdirektors – es war doch der Arbeitsdirektor? – ist unentschuldbar«, meldete sich Grotefuß zu Wort.

»Warum muß gerade ich mich mit ihm herumplagen?« fragte Krasnitz, Grotefuß zugewandt.

»Wir dachten«, lachte der, »neben einem Titanen wie Sie, Krasnitz, könnte er wenig Unheil anrichten ...«

»... und trotzdem brav an Ihrer Leine laufen?« ergänzte Krasnitz den Satz.

Noch einmal lachten alle.

»Darf ich zum Essen bitten?« Mit einer Handbewegung wies Dr. Martin Bauer auf die offene Flügeltür zu seinem, neben dem Empfangsraum gelegenen, privaten Speisezimmer. Er war als Chef der »Allgemeinen Handelsbank« in Frankfurt der Gastgeber für dieses Treffen der vier betroffenen Vorstandsvorsitzenden: Neben Bauer die beiden anderen Chefs der Großaktionäre der BIH, Philipp Schöner, Vorstandsvorsitzender der Rheinischen Metallwerke AG, Starkunde der Allgemeinen Handelsbank, und Dr. Karl Grotefuß, Chef der Mittelständischen Finanzkredit-Bank. Schließlich Krasnitz.

Man hatte sich auf das Treffen in Frankfurt geeinigt: »Zentral gelegen und die Bank hat die beste Küche.«

Für solche Treffen wählte man keine Sitzungssäle. Man brauchte keine Akten, keine Notizen. Man beherrschte die Spielregeln des »Clubs«, die lockere, joviale, schulterklopfende Art, sprach die Sprache der »gleichen Augenhöhe«, wenn es nichts Ernstes zu besprechen gab. Erst der Ernst konnte verborgene Hierarchien aufzeigen.

Man stieß mit Rheingauer Spätlese an, löffelte die Hummersuppe schweigend und bewunderte dabei pflichtgemäß die Meeresstürme und Sonnenuntergänge von Nolde an den Wänden.

Jeder wußte, was in der Luft lag, und hoffte, daß spätestens beim Mokka die Gemütlichkeit wieder Einkehr gehalten haben würde. Undenkbar, daß so ein »Fürstentreffen« nicht mit einem herzhaften Abschiedsgelächter zu Ende gehen würde.

Es begann nach Plan. Jeder kannte das: Der Gastgeber eröffnete das Gespräch in der ersten Servierpause, vor dem Hirschrücken, harmlos, mit der Frage an Krasnitz, wie die Geschäfte denn so liefen. Krasnitz wußte, wie er den Ball zurückzuspielen hatte. Drei Augenpaare sahen ihn an.

»Nicht schlecht. Aber sie würden noch viel besser laufen, wenn man uns in Ruhe arbeiten ließe.«

»Man – Sie meinen die Regierung, die Parteien, die Gewerkschaften, nehme ich an?«

»Nicht nur.«

»Sondern?«

»Einen Augenblick, bitte!«

Das Essen wurde serviert, die Rotweingläser gefüllt. Bauer hob sein Glas: »Ein Gevrey Chambertin ist hoffentlich recht. Zum Wohl!«

Man trank in Ruhe, unter anerkennendem Brummen.

»Bitte, Krasnitz, wenn Sie weiterreden wollen. Sie haben sicher nichts dagegen, wenn wir unser Geplauder während des Essens fortsetzen.«

»Nicht das geringste. Sie werden mir auch mit vollem Mund zuhören können.«

Chorgelächter stimmte ihm zu.

»Ich sagte also: wenn man uns in Ruhe arbeiten ließe und meinte damit –«, Krasnitz blickte kurz in die Runde der kauenden Gesichter, lächelte dabei, »– und meinte damit unsere Aktionäre.«

»Uns also?« Bauer blieb gelassen. »Oder sind die Kleinaktionäre unzufrieden geworden?«

»Die scheinen nach wie vor mit Wachstum und Dividende zufrieden zu sein.«

»Sie meinen also uns! Das müssen Sie erklären!«

»Gern, Herr Bauer, dafür sind wir hergekommen.« Er hob sein Glas: »Vielen Dank nochmals für die Einladung! Um es kurz zu machen:

In meinem Hause erzählt man sich, meine Tage als Vorstandsvorsitzender seien gezählt, und zwar genau bis zum 30. September dieses Jahres, dann läuft mein Vertrag aus. Eine Verlängerung sei nicht vorgesehen.

Wahr oder nicht wahr: Ich halte mich nicht für unersetzlich, meine Herren. Darum geht's nicht. Sie als erfahrene Fuhrleute werden aber ermessen können, wie sich ein solches Gerede auf die Moral der Truppe auswirkt: katastrophal! Deshalb erlaube ich mir zu sagen: Die Geschäfte könnten besser laufen.«

»Moment mal Pause, Krasnitz ... Gerede, sagten Sie?«

»Soll ich deutlicher werden? Bitte:

Noch immer sitzen in unserem Aufsichtsrat Vertreter der Arbeitgeber wie der Arbeitnehmer, die sich mir, oft schon seit Jahren, eng verbunden fühlen. Sie kamen zu mir in den letzten Wochen, einer nach dem anderen, um mir zu eröffnen, sie seien, jeder für sich, von Nader zum Mittagessen eingeladen worden. Nach kurzer, belangloser Plauderei sei Nader ›unter dem Siegel der Verschwiegenheit‹ mit seinem Anliegen, besser gesagt, mit seiner Forderung, an sie herangetreten: Wie sie wohl wüßten, stünde zum 1. Oktober dieses Jahres die Verlängerung von Vertrag und Mandat von Krasnitz an. Was in früheren Jahren als Routine ohne Diskussion ›abgenickt‹ worden war, sollte in diesem Jahr unbedingt, möglichst ohne Diskussion ›abgeschmettert‹ werden. Krasnitz' Zeit sei vorbei. Es ginge um Wohl und Wehe unseres Unternehmens! Der Beschluß des Aufsichtsrats sollte möglichst einstimmig gefaßt werden. Deshalb dürfe er wohl erwarten, daß auch sie für Naders Beschlußvorlage stimmen würden, et cetera, et cetera. Bei allen der gleiche Text.«

»Blödsinn!« Bauer schlug mit der flachen Hand auf den Tisch. »Ist Nader von allen guten Geistern verlassen, Grotefuß? Herr von Krasnitz, ich versichere Ihnen …«

»Bevor Sie weiterreden, Herr Bauer«, unterbrach ihn Krasnitz, »sollten Sie mich zu Ende anhören.«

»Bitte!«

»Da einige Herren, die sich mir zugetan fühlen, sich nicht so ohne weiteres geschlagen gegeben, sogar offen ihr Mißfallen zum Ausdruck gebracht hatten, hatte sich Nader offenbar veranlaßt gesehen, zuzugeben, daß er nicht nur in Übereinstimmung, sondern sogar im Auftrage von mindestens einem der Großaktionäre handeln würde.«

»Grotefuß«, schimpfte Bauer nun ohne Hemmung los, »wie lange sollen wir diesen Nader noch halten!«

»Wir haben ihn gemeinsam bestellt«, gab Grotefuß gereizt zurück. »Von mir aus ziehen wir ihn morgen ab.«

»Ich bitte darum. Und dann?«

»Ich könnte das Amt vorübergehend übernehmen, wenn Sie wollen, Herr Bauer.«

»Das wäre – unter den gegebenen Umständen – wohl keine gute Idee.«

»Also, meine Herren«, meldete sich nun zum ersten Mal Herr Philipp Schöner, sichtbar ungehalten, zu Wort, »ich meine, Herr von Krasnitz hat Anspruch darauf zu erfahren, wovon die Rede ist – ohne weitere Beschönigung!« Er sah Krasnitz über den Tisch hinweg an. Der nickte lächelnd zurück.

Für einen Augenblick herrschte angespanntes Schweigen, als würden Karten neu verteilt. Schließlich wandte Bauer sich mit einem verkrampften Lächeln Grotefuß zu:

»Herr Grotefuß, darf ich bitten!«

»Ich bin zwar nicht der einzige am Tisch, der Versteck spielt ...« Er sah Krasnitz an, kniff kurz das rechte Auge zu. »Sie, Krasnitz, wissen doch genau Bescheid!«

»Was ich weiß, hab ich gesagt. Alles Weitere ist Gerede, Herr Grotefuß.«

»Also, meinetwegen. Ich mache es kurz: Meine Bank – das ist natürlich streng vertraulich – hat in den letzten zwei Jahren ein paarmal mit einigen großen Kreditnehmern Pech gehabt. Wir hatten uns im Ausland auf unvertrautes Gelände gewagt. Zuerst sah alles prima aus. Dann kam ein Einbruch: Der erste Kunde ging pleite. Der riß den zweiten mit, dann den dritten. Eine Kettenreaktion, so was gibt es manchmal«, grinste er.

»Die Sache ist zum Stillstand gekommen, aber – nein, wir sind nicht in Schwierigkeiten, aber unsere Bilanz wird am Jahresende nicht schön aussehen, wenn wir nichts unternehmen. Und so sind wir auf den Gedanken gekommen, uns von unserer Beteiligung an der BIH so schnell wie möglich zu trennen.«

»Schade!« sagte Krasnitz trocken. »Aber keine Katastrophe! Zum heutigen Börsenkurs dürfte der Anteil Ihrer Bank etwa eine Milliarde wert sein. Dafür dürfte sich ein Käufer finden lassen.«

»Leider reicht das nicht. Um unsere Bilanz in Ordnung zu bringen, brauchen wir etwa das Doppelte.«

»Sie müßten also noch mehr verkaufen?«

»Das sähe nicht gut aus. Nein, zum Glück hat sich uns eine große Chance aufgetan. Sie brauchen nicht lange zu grübeln, Krasnitz, Sie kennen Max Orgas, Ihren früheren Finanzvorstand, ein Genie, sage ich Ihnen! Er hat uns die Tür geöffnet: zum Snake-Fonds. Das Projekt steht, es muß nur noch durchgeführt werden.«

»Orgas!« stieß Krasnitz hervor. Er griff nach seinem Wasserglas, seine Hand zitterte, er mußte das Glas wieder absetzen. »Sie brauchen nicht weiterzureden. Das Modell kenne ich. Es heißt Electronic. Einst ein stolzes, erfolgreiches Unternehmen. Es wurde gnadenlos geschlachtet. Ohne Sinn und Verstand verloren tausende von Menschen ihre Existenz.

Ist nun die BIH dran? Ich weiß, das Modell kann nur funktionieren, wenn Sie alle drei mitspielen, meine Herren. Wollen Sie das?«

»Es geht doch nicht um uns persönlich, Herr Krasnitz! Bedenken Sie, was der Niedergang einer bedeutenden Bank für den Finanzplatz Deutschland bedeuten würde! Auch wir müssen an unsere Aktionäre denken! Was würden die sagen, wenn sie erführen, daß wir sie um die Gelegenheit einer einmaligen großen Sonderdividende gebracht hätten. Sie haben uns ihr Geld anvertraut, Herr von Krasnitz!«

»Mir auch, Herr Bauer! Und gleichzeitig haben meine Mitarbeiter mir ihre Existenzen anvertraut! Was wiegt schwerer in Ihrem Gewissen, Herr Bauer?« erwiderte Krasnitz, mühsam beherrscht.

»Aber, lieber Herr von Krasnitz, man kann doch über alles in Ruhe reden!«

»Nicht über alles, Herr Bauer! Aber worüber wollten Sie noch mit mir reden, jetzt, wo Ihre Würfel schon gefallen sind?«

»Endlich kommen wir zur Sache! Es gibt wirklich keinen Grund, sich zu echauffieren. Wenn Sie mich in Ruhe anhören wollen …«

»Bitte, Herr Bauer.«

»Bei der strategischen Vorbereitung unseres Projektes haben wir uns selbstverständlich auch veranlaßt gesehen, uns sorgfältig mit dem Vorstandsvorsitzenden der BIH und seiner Rolle zu befassen.

In Anbetracht Ihrer langjährigen, großen Verdienste um das Unternehmen und Ihres hohen Ansehens in der Wirtschaft schien es uns nur fair und angemessen, Sie in, wie wir meinen, großzügiger Weise ›mit ins Boot zu nehmen‹.

Auch im Namen meiner beiden Kollegen darf ich Ihnen deshalb folgendes Angebot unterbreiten:

1. Ihr Vertrag und Ihr Mandat werden ab 1. Oktober um fünf Jahre verlängert. Sollte Ihr Amt unter den gegebenen Umständen früher enden, stünde Ihnen damit eine ordentliche Abfindung zu.

2. Für den Fall, daß unser Projekt, wie geplant, durchgeführt wird – wovon wir ausgehen –, stehen wir dafür ein, daß Ihnen eine Sondergratifikation in Höhe von zehn Millionen DM ausbezahlt wird.

Abgesehen von einem gewissen ›passiven Wohlwollen‹ Ihrerseits erwarten wir keinerlei Gegenleistung.«

»Vielen Dank, Herr Bauer. Ich nehme an, ich bekomme Ihr Angebot noch schriftlich, unterzeichnet von Ihnen dreien.«

Bauer lachte laut auf. Grotefuß grinste. Herr Schöner zeigte keine Regung.

»Lieber Krasnitz, wir sind alle keine Anfänger! Handschlag muß genügen!

Im übrigen brauche ich Ihnen nicht zu erklären: Wir sind zu nichts verpflichtet. Unser Plan wird durchgeführt! So oder so!«

»Ich nehme an, Sie wissen, wer hinter Orgas, hinter dem Snake-Fonds steht?«

»Eine gewaltige Finanzmacht! Hunderte von Sparkassen mit beinahe unbegrenzten Mitteln und Möglichkeiten ...«

»Wenn es wenigstens die Sparkassen wären, dann wüsste man, mit wem man es zu tun hätte. Es ist das Geld der Sparer, das obskure Investoren von Konten der Sparkassen für ihre dubiosen Geschäfte abziehen. Ich bin sicher, die Sparkassenleiter haben keine Ahnung, wohin das Geld fließt. Es ist ihnen gleichgültig.«

»Uns auch!« lachte Bauer. »Geld ist Geld!«

»Sie fürchten also nicht …?«

»Nichts, Herr von Krasnitz. Und sollte wirklich was passieren, würde es uns kaum kratzen. Denn das Geld wäre längst in unseren Kassen.«

»Und unsere BIH?«

»Wenn es sie dann noch gäbe, wäre sie für uns vielleicht ein Schnäppchen-Kauf!« lachte Bauer. »Wollen Sie es sich nicht doch noch mal überlegen, Krasnitz?«

»Nicht nötig, meine Herren. Passives Wohlwollen! Man kann auch passiv zum Verräter werden!«

Irrte er sich? Oder hatte Schöner ihm bei dem Wort Verräter zugenickt?

In diesem Moment schob Grotefuß seinen Stuhl zurück. »Entschuldigen Sie mich einen Augenblick!«

Bauer nickte kurz:

»Sie kennen sich aus? Dritte Tür rechts.«

Sie sahen ihm nach, seinem schweren, leicht schwankenden Schritt.

»Armer Kerl!« sagte Bauer, nachdem die Tür hinter Grotefuß mit einem leise seufzenden Geräusch ins Schloß gefallen war.

»Ich hatte geglaubt, Krasnitz, gerade Sie müßten unser Handeln verstehen. Verpflichtet uns nicht unsere Erziehung, einem Freund in der Not aus der Patsche zu helfen?«

»Aber nicht auf fremde Kosten!«

Krasnitz erwartete einen Zornesausbruch. Bauer aber grinste nur mit zusammengekniffenen Augen, kumpelhaft. Er wollte wohl etwas erwidern, hielt es aber zurück, als die Tür aufgestoßen wurde und Grotefuß zurückkehrte und sich auf seinen Stuhl fallen ließ.

»Hab ich was versäumt?« Er zog, während er sprach, ein Taschentuch hervor, tupfte seine bis zum Hinterkopf reichende Stirn und seinen faltigen Nakken ab.

»Nichts von Bedeutung«, brummte Bauer, ohne ihn anzusehen.

Krasnitz wartete einen Augenblick. Als niemand sprach, sagte er: »Ehe ich mich verabschiede …«

»Sie wollen gehen, Krasnitz? Wir haben uns doch noch nicht zu Ende ausgesprochen!«

»Ich denke, meine Antwort war eindeutig. Worüber wollen Sie noch reden?« Er unterbrach sich, lächelte: »Doch nicht über den Preis?«

Bauer lachte laut auf, Grotefuß stimmte in das Lachen ein, befreit, wie es Krasnitz schien. Schöner blickte auf die Tischdecke, spielte mit einem ungebrauchten Kaffeelöffel.

»Das würde ich mir bei Ihnen nicht erlauben, Herr von Krasnitz. Aber Sie wollten uns noch etwas sagen?«

»Ja, Herr Bauer, meine Herren, ein paar Worte

zum Abschied: Sie schicken sich an, ein großes Spiel zu spielen. Es wird Aufsehen erregen. Und man wird uns alle, auch mich zu den Spielern zählen. Verlieren Sie, verlieren wir alle. Es gibt einen Spieltisch in diesem Spiel, auf dem kein Geld liegt. Auf ihm liegt unser aller Freiheit. Sie folgt eigenen Regeln. Die lassen ihren Mißbrauch nicht zu.«

»Drücken Sie sich bitte klarer aus, Krasnitz! Was wollen Sie uns sagen?«

»Ich will Ihnen sagen, Ihre Verantwortung liegt jenseits von Gewinn und Verlust. Die Kinder Ihres Mißbrauchs heißen Neid, Mißgunst und Gewalt. Sie könnten an der Spitze derer marschieren, die am Ende des Spiels, Ihres Spiels, meine Herren, auf großen, fahnengeschmückten Plätzen unsere Freiheit verbrennen!«

»Mein Gott, Krasnitz, das klingt nach anno dazumal. In welcher Zeit leben Sie denn?«

»An der Schwelle zum nächsten Jahrhundert. Auch jenseits dieser Schwelle werden wir die Wahl haben zwischen Freiheit und ihrem Mißbrauch, zwischen echter und falscher Münze. Und dabei wird jeder von uns einsam sein.«

»Jetzt reicht's, Krasnitz! Damit kommen Sie nicht durch!«

»Das weiß ich. Geschäft ist Geschäft!«

»Na also!« lachte Bauer, lachte Grotefuß. Nur Schöner hielt sich zurück.

»Einen Rat noch!« sagte Krasnitz. »Tragen Sie Ihre Gewinne so geräuschlos wie möglich nach Hause!«

»Das würde der PR-Abteilung vom Snake-Fonds kaum gefallen, Herr von Krasnitz.«

»Verstehe: Mit Pauken und Trompeten in den Abgrund!« Krasnitz war aufgestanden.

»Nicht noch einen Mokka zum Abschied, Herr von Krasnitz?«

»Ich will Ihre Feier nicht stören, meine Herren.«

25.

Er hielt den Wagen an der ersten Raststätte. Er hatte Franziska gebeten, am Nachmittag zu Hause zu bleiben. Er werde sie anrufen. Es könnte ein langes Gespräch werden.

Der Ablauf des »Fürstentreffens« war bald erzählt. Seine Stimme klang monoton, fast gelangweilt, als erstatte er pflichtgemäß Bericht über ein Ereignis, das ihn nichts mehr anging.

»Schlimmer Tag für dich ...« Zitterte ihre Stimme?

»Gewesen, Franziska!« Er versuchte ein Lachen. »Kein Mitleid, bitte!

Als ich die Bank verließ, hatte es aufgehört zu regnen. Die Sonne kämpfte sich durch die Wolken. Auf Straßen und Bürgersteigen verdampfte die Feuchtigkeit. Die Stimmen der Kollegen wurden leiser, verstummten.

Ein weißer Pudel tänzelte an der Fassade der Bank entlang, mit der Nase am Boden. Am Bankeingang, zwischen den grauglänzenden Marmorsäulen, blieb er stehen und hob das rechte Hinterbein. Die Hundebesitzerin sah mich erschrocken an, als wäre ich zuständig, und lächelte verlegen. Ich lächelte zurück, und – wer weiß? – wenn es dich nicht gegeben hätte, Franziska, vielleicht hätte mich der Hafer gestochen, und ich hätte sie auf einen Kaffee eingeladen.«

Er hörte sie lachen.

»Gott sei Dank, du lachst! Dann kann ich jetzt zu Wichtigerem übergehen: zu meinen Plänen. Der Dampf hat meinen Kopf wieder freigemacht.«

»Plänen, Heinrich? Du schmiedest Pläne an so einem Tag?«

»Gerade, Franziska! Leg dich hin, schließ die Augen und hör nur noch zu ...«

»... als würde ich träumen?«

»Träume sind das nicht. Es sind Pläne, durchdachte Pläne. Alles, was noch fehlt, ist dein Einverständnis.«

»Da bin ich gespannt, Heinrich.«

»Wart's ab! Also:

Plan Nummer 1:

Ich möchte mit dir eine kleine Reise machen. Es ist eine gute Zeit dafür. Eine Woche etwa. Rate mal, wohin! Ich gebe dir drei Sekunden ...

Ich höre dein Schulterzucken. Nach Krasnitz! Es wird Zeit, daß du mit eigenen Augen sehen kannst, woher wir beide kommen.«

»Nach Krasnitz?« rief sie aus. »Wie sollen wir dort hinkommen?«

»Ich habe gute Freunde in Polen, aus der Zeit, in der ich noch regelmäßig die Posener Messe besuchte. Die werden alles für uns arrangieren. Sie sind übrigens neugierig, dich kennenzulernen.«

»Du hast ihnen von uns erzählt?«

»Guten Freunden? Warum nicht? Ich bin vor drei Jahren das letzte Mal dagewesen, kurz nach Gertruds Tod. Die Landschaft hat sich kaum verändert. Ich brenne darauf, mit dir durch die Felder zu wandern, durch Wälder und Wiesen, in den einsamen Seen zu schwimmen.

Das Gutshaus ist leider verschwunden. Die Trümmer liegen unter einer Wüstenei aus Brennesseln, Disteln und Brombeergestrüpp begraben. Nur die Freitreppe vor dem Eingang zum Haus ragt mit ihren hellen Marmorstufen aus dem Gewirr hervor und zeigt in den weiten, leeren Himmel. Auch den Park mit seinem alten Baumbestand gibt es nicht mehr. Was nicht dem Krieg zum Opfer fiel, wanderte im ersten, strengen Nachkriegswinter in die Öfen der zwangsweise nach Pommern umgesiedelten Menschen aus Ostpreußen, die ohne Unterstützung in diesem fremden Land um ihr Überleben kämpfen mußten.

Irgendwo dort muß mein Vater liegen, unter dichtem Gebüsch verscharrt in der Erde. Ihm hätte das genügt. Ich habe eine Belohnung ausgesetzt dem, der die Stelle findet. Bisher vergebens.

Weißt du aber, was noch steht? Das Forsthaus! Wir werden es besuchen, das Wohnhaus deiner Großeltern und Urgroßeltern. Dort lebte Brita; jetzt ist ein Kinderheim dort untergebracht. Wir haben das Haus um einen Flügel erweitert. Sie haben es »Heinrich-Heim« genannt, auf polnisch natürlich.«

»Nach dir?«

Er zuckte mit den Schultern, dann erst fiel ihm ein, daß sie das nicht sah. »Sie bestanden darauf. Auch unsere Backsteinkirche steht noch. Sie war im Krieg stark beschädigt worden. Die Mauern aber hielten stand. Inzwischen haben wir fast alles wieder in Ordnung gebracht: die Fenster, das Dach, den Altar. Demnächst wird hier wieder ein Gottesdienst abgehalten werden. Ein katholischer Gottesdienst. Unsere geschichtserfahrene Kirche wird das kaum stören.«

»Du sprichst, als wärest du noch immer der Herr auf Krasnitz«, lachte sie.

»Das ist die Gewohnheit. Aber vielleicht bin ich es sogar noch immer – in einer Hinsicht: 26 Generationen der Familie von Krasnitz haben vor mir dieses Land besessen. Jeweils der Älteste einer Generation übernahm das Gut, als eine Art ›Familien-Lehen‹, auf Zeit. Er trug die Verantwortung für seinen Zustand und Fortbestand, um es mit dem Stolz desjenigen weiterzureichen, der seine Pflicht getan hat.

Verstehst du, Franziska, worauf ich hinaus will? Man hat mir das Eigentum genommen; das Gefühl, noch immer Verantwortung zu tragen, werde ich wohl nicht los. Leider werde ich der letzte sein. Mit meinem Sohn hat in Australien eine neue Geschichte begonnen.

Und, Franziska, was hältst du von meinem Reiseplan?»

»Wunderbar! Wann fahren wir?«

»In einer Woche. Es ist alles vorbereitet. Sogar die passende Kleidung für dich hängt schon im meinem Schrank! Man wandert ein bißchen anders als im Schwarzwald!«

»Ach, Heinrich ...«

»Noch kurz zu meinen weiteren Plänen, wenn du noch etwas Geduld hast?«

»Meine Neugier ist unerschöpflich!«

»Schön, das freut mich.

Nach unserer Rückkehr werde ich mich um meine Zulassung als Anwalt bemühen. Da ich kaum Prozesse zu führen beabsichtige und mich nicht für Miet- oder Scheidungsrecht interessiere, werde ich fachlich kaum Schwierigkeiten haben. Auch am Geldverdienen bin ich nicht besonders interessiert.

Ich glaube nur, daß die Verkleidung als Anwalt es mir leichter machen könnte, zu versuchen, künftig andere Unternehmen durch rechtzeitige Maßnahmen vor dem Schicksal unserer Electronic AG zu bewahren. Als erstes Opfer dieser neuartigen Wolfsrachen fühle ich die Verpflichtung, andere an unseren Erfahrungen teilhaben zu lassen, sie vor den Fallen des Neuen zu bewahren. Ich habe dabei vor allem die vielen Unternehmen des Mittelstandes im Sinn. Die großen werden zu stolz sein, sich helfen zu lassen. Die kleineren aber, mit ihren goldgeränderten Bilanzen, könnten im Rachen von Snake & Co. verschwinden, ehe sie verstanden haben, was gespielt wird.

Soweit, Franziska, der langweilige Teil meines Vortrags. Und nun, last but not least ...«

Es knackte im Apparat. Die Leitung war unterbrochen. Er hatte sich das Wichtigste bis zuletzt aufheben wollen. Die Unterbrechung wirkte wie ein dramaturgischer Streich zur Erhöhung der Spannung. Er wartete einige Sekunden. Doch ehe er ihre Nummer wieder wählen konnte, läutete der Apparat. Er hob den Hörer ab, hörte ihre Stimme im Flüsterton:

»Heinrich ...«

Kam sie ihm zuvor? Er antwortete nicht, wartete einfach ab. »Heinrich ...«, wiederholte sie etwas lauter, »das war schrecklich!«

»Was?«

»Plötzlich war deine Stimme weg, als wärest du fort, weg, für immer. Nur ein, zwei Sekunden vielleicht, eine Ewigkeit!«

»Ich bin noch da! Und möchte nun mit dir besprechen, wann wir heiraten wollen.«

»Einfach so? Hast du nicht etwas vergessen?«

Er stutzte, überlegte einige Sekunden. »Dir einen Antrag zu machen?« fragte er. »Ich dachte, wir wären schon weiter.«

»Seit wann?« fragte sie.

»Spätestens seit vier Wochen. Auf einer Bank im Elsaß hatten meine Augen dich gefragt. Und wenn mich meine Erinnerung nicht täuscht, hatten deine Augen ja gesagt.«

»Vor genau drei Wochen und vier Tagen«, lachte sie. »Stimmt!«

»Und?«

»Kannst du mich nicht doch noch einmal fragen? Mit Worten, meine ich? Ich weiß, das klingt albern, aber …«

»Natürlich! Entschuldige meine Begriffsstutzigkeit. Ich war in Gedanken schon bei unserer Hochzeitsreise. Also hör mir gut zu:

Möchtest du, Franziska Liebenow, meine Frau werden?«

Sie ließ ihn etwas warten. Dann flüsterte sie, so leise, daß er sie kaum verstehen konnte, ihr Ja.

»Du machst mich so glücklich, Franziska!«

»Nun zur Hochzeitsreise!«

»Erst das Datum«, lachte er, »eines nach dem anderen.«

»Klar! An was denkst du?«

»An einen Tag im Oktober.«

»Dein Lieblingsmonat?«

»Ab 1. Oktober bin ich ein freier Mann!«

»Dann nehmen wir ihn doch, deinen 1. Oktober!«

»Gutes Datum. Das kann man sich leicht merken.«

»Warum sollten wir einen Tag länger warten als nötig?« lachte sie.

»Das hört sich gut an! Am 1. Oktober also! Ich werde gleich Heinrich anrufen, meinen Sohn. Er und Rosaly, meine Schwiegertochter, bestehen darauf, unsere Trauzeugen zu sein.«

»Toll!« lachte sie. »Was haben sie denn zu … der Geschichte gesagt?«

»Heinrich hat nur gesagt: ›Höchste Zeit, daß du dein Einsiedlerleben aufgibst!‹

Für die Hochzeitsreise schwebt mir übrigens ein Ort vor, den wir beide nicht kennen, von dem wir aber immer geträumt haben.«

»Du sagst so schöne Sätze, Heinrich. Ich bin geradezu nüchtern im Gegensatz zu dir!«

»Und das macht mich froh und zuversichtlich. Es gibt zahllose Definitionen zum Thema ›Liebe ist …‹, so viele, wie es Mißverständnisse gibt. Mir liegt, und das mag an meinem Alter liegen, besonders die Definition: ›Liebe ist ständiger Austausch.‹ Jeder gibt von sich all das, was dem anderen fehlt.«

Sie schwieg. Ihr Schweigen kam ihm lange vor. Er hörte sie atmen.

»Sind wir nun eigentlich richtig verlobt, Heinrich?«

»Was noch fehlt, holen wir heute abend nach!« lachte er.

»Du bist noch nie bei mir gewesen, Heinrich.«

»Höchste Zeit also. Um sechs Uhr könnte ich bei dir sein.«

»Drei Stunden noch …«

Es klickte im Telefon.

26.

Am Morgen nach der Verlobung kam Krasnitz etwas später ins Büro, eine halbe Stunde nur, das war schon ungewöhnlich.

»Herr Schöner hat zweimal angerufen. Er bittet um baldigen Rückruf. Es sei dringend!« empfing ihn Frau Hase. Blickte sie ihn anders an als sonst? Verwundert? Streng?

»Danke, Frau Hase, verbinden Sie mich bitte gleich.«

Schöner? Dringend?

Er hatte vorgehabt, an diesem Morgen als erstes Frau Hase ausführlich über die Ereignisse der letzten Tage zu unterrichten, die geschäftlichen wie die persönlichen, und sich mit ihr über die Konsequenzen der bevorstehenden Veränderungen zu beraten. Er wollte ihr anbieten, ihn in seine künftige Anwaltskanzlei zu begleiten.

Schöner ließ Krasnitz nicht einmal Zeit, sich am Telefon zu melden. Er legte sofort los:

»Krasnitz, ich habe Neuigkeiten für Sie!« Er sprach hastig, als wäre er eben eine Treppe hinaufgerannt. Krasnitz wollte etwas erwidern, aber er kam nicht zu Wort.

»Ich habe Sie, als ersten, davon in Kenntnis zu setzen, daß der Vorstand der ›Rheinischen Metallwerke‹ gestern abend einstimmig beschlossen hat, aus dem ›Snake-Projekt BIH‹ auszusteigen. Der Beschluß ist endgültig. Sobald ich den Hörer aufgelegt habe, werde ich Bauer und Grotefuß unterrichten. Damit dürfte das Projekt gestorben sein ...«

»... und die Badische Industrie- und Handels AG gerettet! Mensch, Schöner, ich weiß nicht, was ich sagen soll? Wie kann ich Ihnen danken?«

»Sie haben mich überzeugt, Krasnitz. Den Entschluß habe ich gefaßt, als ich gestern die Bank in Frankfurt verließ.

Meinen Vorstand zu überzeugen war leichter, als ich gedacht hatte. Nicht nach Ihrem Rezept, Krasnitz. Das mag Sie enttäuschen. Mit Stolz und Gewissen bin ich nicht weit gekommen. Auch Ihr schönes Bild von der ›brennenden Freiheit‹ machte auf meine jüngeren Kollegen keinen großen Eindruck.

Zum Glück klappten gerade rechtzeitig meine – von der Verlockung der ungewöhnlich großen Summe Geldes zugeklebten – Augendeckel auf und gaben den Blick auf unseren Alltag frei: Müssen wir nicht bedenken, daß die geplante Zerschlagung der BIH zum Verlust eines unserer besten Kunden führen würde?

Die Karte stach sofort.«

»Das glaube ich gern.«

»Wir machten alle ziemlich dumme Gesichter. Jedenfalls vergingen einige Minuten betretenen Schweigens. Am Ende mußten wir lachen. Zum Glück, denn das ersparte uns das übliche ›Schwarzer-Peter-Spiel‹. Wir hatten das Naheliegende gemeinsam verschlafen. Und so wurde der Beschluß binnen fünf Minuten einstimmig gefaßt.

Damit ist das Thema abgehakt. Mir aber sitzt der Schreck noch in den Knochen:

Wie war es möglich, daß wir so leicht dem Gesang der Goldesel aufgesessen sind, Herr von Krasnitz?

Ich glaube, in die Zukunft gesehen zu haben. Eine Zukunft, die der Hybris gehört. Wir sind nur Menschen. Die Hybris tanzt mit jedem in den Abgrund, der sich von ihren Reizen betören läßt. Wir, Sie und ich, haben unsere Lektion gelernt. Wem aber nützt das? Der nächsten Generation? Unseren jüngeren Kollegen?«

»Ich fürchte: nein. Jede Generation schafft ihre eigene Welt, ihre eigene Gesellschaftsordnung, ihre eigenen Wertvorstellungen und Zukunftsträume. Sogar ihre eigene Sprache und Kommunikation. Das galt für unsere Generation, die die schlimmste Katastrophe unseres Volkes durchlebt und unser Land nach ihren Werten, Idealen, ihren Menschenbildern und Traditionen wieder aufgebaut hat.

Heimlich sind wir noch immer stolz darauf. Und es fällt uns schwer, uns etwas anderes, eine andere Gesellschaftsordnung etwa, vorzustellen.

Dabei ahnen wir längst, Herr Schöner, daß unsere Zeit abgelaufen ist.«

»Da haben Sie leider recht.«

»So ist es wohl, der Wechsel hat begonnen. Die Architekten einer neuen Zeit sind eifrig am Werk und dabei, uns zur Tür hinauszuschieben.

Wir werden das nicht ändern können, wir sind längst eine machtlose Minderheit. Wir können nur versuchen, in der Zeit, die uns bleibt, möglichst wenig Fehler zu machen, Herr Schöner. Erfahrungen lassen sich mit Worten kaum weitergeben, meine ich, sondern allenfalls durch das, was bleibt, wenn wir gehen. Erfahrungen durch selbst geschaffene Katastrophen werden, fürchte ich, unseren Nachfahren nicht erspart bleiben. Wie aber wird die Welt dann aussehen?«

»Mit unseren Augen gesehen, Herr von Krasnitz: deprimierend. Bildlich gesprochen: Es wird kein Stein auf dem anderen bleiben. Das Abenteuer ›Snake-Fond‹ war nur ein Vorgeschmack.«

»Das glaube ich auch. Bliebe es dabei, wäre es nicht so schlimm. Ich bin überzeugt, Herr Schöner, die Amerikaner werden dies Buschfeuer bald ausgetreten haben. Es wird für sie zu teuer.

Schlimm für uns ist nicht das Feuer, schlimm ist die Reaktion unserer neuen Führungseliten auf diese Phänomene.

Die von Ihnen erwähnte Hybris reizt zur Nachahmung, stachelt die Gier an, führt, wenn man die Kontrolle verliert, zu Neid, Unruhe, vielleicht sogar Gewalt. Das mag noch lange hin sein …«

»Ja, zuerst werden jetzt überall Babylonische Türme errichtet werden, in denen die Feste unbegrenzten Reichtums gefeiert werden. Das kann dauern. Früher oder später aber stürzt der erste Turm ein. Und das könnte der Anfang vom Ende sein …«

»Mag sein, Herr Schöner. Und in diesem Ende könnte dann die Chance für die neue Generation liegen!«

»Schade, Herr von Krasnitz, daß wir das nicht mehr erleben werden!«

»Warum nicht?« lachte Krasnitz. »Die Zeit läuft doch immer schneller und mit ihr der Wandel!«

Jetzt mußten sie beide lachen.

»Hat Spaß gemacht, mit Ihnen zu philosophieren, Krasnitz. Aber eigentlich habe ich Sie angerufen, um Ihnen zu sagen, wie es, nach unseren Vorstellungen, weitergehen sollte.«

»Ich bin gespannt!«

»Der Schock hat unsere Phantasie über Nacht beflügelt, wir sind in unserer Planung schon ziemlich weit: Grotefuß wird verkaufen müssen. Bald und zu jedem Preis. Dem steht das Wasser bis zum Hals. Damit beginnt ein neues Spiel und wir werden dabeisein, Herr von Krasnitz. Der ganze Brocken wäre für uns verlockend, aber zu groß. Damit wären wir aber nicht am Ende unseres Lateins. Sie wissen, es gibt viele Spielarten, solche Probleme auf anständige Art und ›Snake-frei‹ zu lösen:

Der Anteil könnte, zum Beispiel, in auch für uns verdauliche Stücke aufgeteilt werden, Partner lassen sich finden;

wir könnten mit Hilfe einer Bank den Anteil Grotefuß übernehmen, um einen Teil davon selbständig an die Börse zu bringen;

wir könnten auch ein Konsortium unter unserer Führung bilden.

Ob Bauer beteiligt bleibt oder nicht, ist nicht wichtig. Wichtig für uns ist nur, daß die Federführung für alle Großaktionäre auf uns übergeht. Gegen einen seiner besten Kunden wird Bauer kaum spielen wollen. Das heißt: falls Sie einverstanden wären.«

»Ich habe keine Stimme mehr.«

»Das müßte nicht so bleiben.«

»In den Vorstand, falls Sie daran denken, möchte ich nicht zurückgehen.«

»Kann ich verstehen. Aber wie wäre es mit dem Aufsichtsratsvorsitz? Mit unserer Rückendeckung?«

»Sie planen schnell, Herr Schöner!« lachte Krasnitz.

»In diesem Spiel gewinnt der Schnellste! Wir müssen aufpassen, daß uns niemand zuvorkommt! Ich halte Sie auf dem laufenden, Krasnitz.«

»Sie haben meine Telefonnummer!«

Er mußte ein paarmal tief durchatmen. So was träumt man sonst nur. Er stand auf, trat ans Fenster. Im Garten fingen die ersten Rosen zu blühen an – was wird Franziska dazu sagen?

Hans Graf von der Goltz

Die Mission

In seinem packenden neuen Roman erzählt Hans Graf von der Goltz von Verantwortung und Menschlichkeit inmitten einer kühl berechnenden Wirtschaftswelt, von unerwarteten Neuanfängen und von Träumen, die nie das sind, was sie vorgeben, selbst wenn sie in Erfüllung gehen.
Indien, 1957. Eine kleine, zusammengewürfelte Gruppe junger Mitarbeiter der neu gegründeten International Finance Corporation landet in Bombay, wo mit der gerade errungenen Unabhängigkeit auch die Schattenseiten des Kapitalismus Einzug halten. Doch Tom, Henry, Richard und Walter haben eine Mission: Sie sollen dem Land helfen, sich selbst zu helfen. Sie unterstützen den Bau von Fabriken, schulen Personal, stellen Kontakte her. Ihrer Zeit Jahrzehnte voraus leisten sie moderne Entwicklungshilfe – und verlieren dabei nach und nach den Kontakt zu ihrem eigentlichen Leben.

»Eine junge Generation, die aus der aktuellen wirtschaftsethischen Diskussion neue Schlüsse ziehen will, tut gut daran, an diesem Roman ihre Denkkraft zu trainieren.«

FRANKFURTER ALLGEMEINE ZEITUNG

BERLIN VERLAG

Hans Graf von der Goltz

Der Kunsthändler

Eine Gemeinde nimmt Abschied von dem berühmten Professor und bedeutenden Kunsthändler Gustav Schneider. Gestorben an Herzversagen im hohen Alter – scheinbar nichts Außergewöhnliches. Wären da nicht die Gerüchte um seine Frau, die allein und wie versteinert am Grab steht, und zwei Männer, der Historiker Carlsson und der Kommissar Suchow, die nicht aufhören können, sich Fragen zu stellen. Wie konnte Schneiders Frau, die 30 Jahre jüngere Katharina, dem großen Kunstkenner und Unternehmer immer mehr die Kontrolle über ein ganzes Imperium entreißen? Und warum fand man neben dem Toten eine unvollendete Erklärung mit der Überschrift WIDERRUF?
In dichten Gesprächen setzen Carlsson und Suchow Stück für Stück das Leben eines außergewöhnlichen Mannes zusammen, kreisen immer enger um das Geheimnis eines Verbrechens und erzählen dabei nolens volens auch ein Kapitel deutscher Zeit- und Wirtschaftsgeschichte.

»Kein Wort ist hier zu viel, jede Andeutung hat ihren Sinn, jede Frage ihre verschwiegene Antwort.« TAGESSPIEGEL

BERLIN VERLAG